吉野葛

吉野葛

谷崎潤一郎／著
賴明珠／譯

聯合譯叢 086

目次 Contents

吉野葛

谷崎潤一郎 著

賴明珠 譯

自天王

之一

我到大和[2]的吉野[3]深處遊歷，已經是大約二十年前，明治末年或大正初年的事了，當時和現在不同，還是個交通不便的時代，到那樣的深山——以現在的說法是到所謂「大和阿爾卑斯」的地方，到底去做什麼呢？——這有必要先從緣由說起。

讀者之中或許有人知道，那地方自古以來，在十津川[4]、北山[5]、川上之莊[6]一帶，現在還有關於當地農民稱為「南朝[7]樣」，或「自天王樣」等南帝[8]後裔的傳說。這是自天王——相當於後龜山帝[9]的玄孫，人稱北山宮的大人實際住過的地方。這是歷史專家也承認的事實，絕不只是傳說而已。極其概略地來說，普通中小學歷史教科書上，南朝的元中九年、北朝的明德三年，將軍義滿[10]之代，曾經成立過兩統[11]合體的和議，所謂吉野朝就是以這個時期為限，從後醍醐天皇[12]的延元元年起歷五十餘年而廢絕，後來嘉吉三年九月二十三日半夜，有一位稱為楠二郎正秀的人推舉大覺寺[13]統的親王萬壽寺宮，忽然突襲土御門內裏[14]，偷出三種神器[15]躲藏於壑山，有這般事實。據說當時，受追兵攻擊的親王自殺身亡，神器中寶劍和神鏡雖被取回，但唯有神璽仍留在南朝這邊手中，因此楠氏[16]越智氏[17]一族等更奉兩位親王之子舉義兵，由伊勢到紀井，紀井到大和，逐漸逃到北朝軍所到達不了的奧吉野偏僻山區深處，推崇大王子一之宮為自天王，二王子二之宮為征夷大將軍，改年號為天靖，在不易被敵軍窺知的峽谷之間，擁神璽六十餘年之久。然而竟被赤松家的遺臣所瞞，二位王子被襲擊，大覺寺統終於完全斷絕了末路，是在長祿元年十二月，因此總計算來，從延元元年到元中九年為五十七年，再到長祿元年為止計六十五年，其實總共達一百二十二年之久，在這期間，總之繼承南朝傳統的後裔在吉野，與京城方面採取了對抗的態勢。

從遠古的祖先開始就一心效忠南朝方面，向來繼承偏向南朝傳統的吉野居民，說到南朝現在還堅持數到這自天王為止，「不是五十餘年，而是繼續了百年以上。」這樣主張也難怪，我過去少年時代也因為愛讀《太平記》[18]的機緣，而開始對南朝的祕史深感興趣，想以這自天王的事蹟為核心，試寫成歷史小說——很早以前就懷有這樣的計畫。

根據收集川上之莊口傳書籍的記載，據說南朝遺臣等一時恐懼北朝方面的襲擊，而移到現在大台原山麓的入之波，潛往伊勢之國邊境的大杉谷方面，人跡稀少的深山奧底，遷到名為三之公谷的溪谷，在那裡建立王室御殿，神璽則藏匿於某岩窟中。此外，根據《上月記》[19]、《赤松記》[20]等之記載，預先佯稱降於南帝的間島彥太郎[21]以下三十名赤松家的殘黨，於長祿元年十二月二日，趁大雪之際意外肇事，獨家襲擊大河內之自天王御所，又衝進神之谷的將軍宮之御所。王自行揮太刀防禦，終被叛賊所斃。賊奪下王之首級及神璽逃出，於途中受大雪阻於伯母峰嶺間，將天王首級暫埋於雪中度過一夜。然而據說翌晨吉野十八鄉之莊司等追蹤而來，奮戰之中，被埋之御首從雪中噴出血來，立刻被發現而奪回。以上事蹟因不同書籍記載雖多少稍有出入，但《南山巡狩錄》[22]、《南方紀傳》[23]、《櫻雲記》[24]、《十津川之記》等也都有記載，尤其《上月記》和《赤松記》為當時實戰者老後親自寫下之遺記，或由其子孫之手所記錄者，應無懷疑餘地。根據一書記載，王之年齡方十八歲。又嘉吉之亂[25]時，一度滅亡的赤松家之所以能夠再度興起，即因當時親弒南朝之二王子，將神璽送返京城的功績得到報償之故。

到底從吉野的深山到熊野地方一帶，由於交通不便，因此長久存在和古老傳說及歷史有淵源的世家也不足為奇。例如後醍醐天皇行幸時，一時權充居所的賀名生之堀氏行館[26]等，不僅從前建築物的一部分現在仍保存當時的原樣，連子孫現在也還住在該屋裡。此外《太平記》大塔宮[27]流落熊野的一段中，所出現的竹原八郎[28]一族——王子曾暫時御駕駐留，和本家女兒之間曾產下王子，這竹原氏子孫也人丁旺盛。此外更古老的時候，在大台原山中有一稱為五鬼繼[29]的部落，——當地人說那是鬼的子孫，絕不和那部落通婚，他們也不想和自己部落以外的人結親。並自稱為役行者[30]之前鬼的後裔。這一切都因是這樣的土地特色，因此號稱他們擁有服侍過南朝王子們的鄉士血統，被稱為「筋目者[31]」的世家為數眾多，現在柏木附近每年二月五日祭拜「南朝樣」，在將軍之宮的御所遺跡，神之谷的金剛寺舉行莊嚴的朝拜儀式。當天數十家「筋目者」被容許穿著附有十六菊御紋章[32]的禮服，可以就代理知事或郡長等的上位席次。

我所得知的這各種資料，難免為一直在構思中的歷史小說計畫，更增添了熱度。南朝、櫻花之吉野、——深山奧底的祕境、——十八歲英姿煥發的自天王、——楠二郎正秀、——隱藏於岩窟中的神璽、——雪中噴血的天王首級、——光試著這樣排列出來，已經沒有比這更絕妙的題材了。總之場景太美了。舞台中有溪流、斷崖、有宮殿、茅屋、有春櫻、秋楓、這些都可以充分取來活用。而且並非毫無根據的空想，而是正史不用說，紀錄和古文也完備得沒得挑剔的地步，因此作者只要把被賦予的史實適當安排，應該就可以寫成有趣的讀物了。但，如果能在那之上，稍微施加潤色、適度插入口碑和傳說，有些地方採取特有的點景、鬼之子孫、大峰[33]之修驗者[34]、熊野參拜巡禮等記載，也可以創造與王匹配的美麗佳人、——大塔宮王子的子孫的公主等，將更有趣吧。有這些題材，為什麼過去沒有引起稗史小說家的注意，覺得真不可思議。不過據說有馬琴[35]所作的《俠客傳》這未完成的作品，雖然沒讀過，但據說是以楠氏的一位女子，姑摩姫這虛構的女子為主的故事，因此可能和自天王的事蹟無關。此外，據說德川時代有一、二篇關於吉野王的作品，但那到底多少是根據史實並不清楚。總之以世間普遍流傳的範圍之內，無論是讀本、淨瑠璃[36]、或戲劇，都未能親眼接觸。因此，我想趁著誰都還沒沾手之際，自己務必先把那題材處理妥當。

然而，這時候，很幸運的是，由於一件出乎意料之外的因緣，而能親自去到那深山裡，聽到各種有關當地的地理和風俗。說來就因一高[37]時代的一位姓津村的同學——他本人雖是大阪人，但親戚住在吉野的國栖，因此我也幾次透過津村得到造訪該地之便。

據說以「kuzu」發音的地方，在吉野川沿岸附近有兩處。下游地方以「葛」字配音，上游地方則以「國栖」字配音。以和「飛鳥淨御原」[38]天皇、——天武天皇有因緣的謠曲著名的是後者。但葛和國栖都不是吉野名產葛粉的產地。

葛那邊不知怎樣，國栖這邊，村民多半以造紙維生。而且是以現在都很希奇的原始方法，將楮樹的纖維泡在吉野川的水中，以手抄方式製成紙張。而且據說該村很多人姓「昆布」這樣的怪姓，津村的親戚也姓昆布，且以製紙為業，是村裡規模最大的一家。據津村的說法，這昆布氏也是相當古老的世家，應該和南朝遺臣的血統多少擁有關係。我是在造訪這家時方才知道寫成「入之波」[39]的字要讀成「潮之波」，而「三之公」則是「三之子」的意思。此外根據昆布氏的說法，從國栖到入之波，越過五社嶺的險峻山路有六里多的路程，從那裡往三之公，到達峽谷口有二里，到最深處，從前自天王居留的地點，超過四里以上。不過也只是聽說而已，從國栖一帶也絕少有人去到那樣上游的地方。只是據順流而下的竹筏師傅的說法，山谷深處人稱八幡平的凹地有五、六間燒炭的人家，從那兒再走五十丁到盡頭稱為隱平的地方，確實有所謂王之御殿的遺跡，也有曾經奉安神璽的岩窟。但從山谷入口起的四里之間，則是完全沒有像路的路，全是可怕連續的斷崖絕壁，因此連到大峰修行的山伏（修驗者），都無法輕易進入那裡。一般柏木一帶的人，會前往入之波的河邊湧泉泡溫泉，再從那裡折回來。其實據說如果仔細探察山谷深處的話，可以發現有無數溫泉從溪流中噴出，由明神瀧開始即有幾處飛瀑，但知道那絕景的人只有少數樵夫或燒炭者而已。

這竹筏師傅的說詞，讓我的小說世界感覺更加豐富。本來有利條件已經相當齊備了，現在從溪流中能湧出溫泉，這說起來又為寫作題材添加一項再理想不過的題材了。我本來只能從遠處調查得到一些題材而已，如果那時候沒有津村的邀約的話，恐怕也不會真的去到那深山僻地裡去。能夠收集到那麼多題材，就算不去實地訪查，其餘也可以憑自己的空想來進行。而且有時那樣反而方便，不過既然津村好意邀約「機會難得要不要來看看」，是那年的十月底，或十一月上旬。津村有事要去拜訪上述國栖的親戚，因此，就算未必能去三之公，但只要能到國栖附近走一趟，看看大致的地勢和風俗，一定也有參考價值。不必一定限於南朝的歷史，土地總是土地，從中也許可以發現和那不同的材料，足以充作兩三篇小說的素材。總之不會白費，何不趁這機會發揮一下職業意識？如今正好秋高氣爽，最適合旅行不過了。雖然是以櫻花著名的吉野，不過秋天也很不錯。——他這樣說。

那麼，開場白未免太長了，因為有這樣的關係因此我忽然想出門遠行。尤其津村所謂的「職業意識」也推了一把，老實說，其實是以漫無目的的行樂為主的。

之二

妹背山

津村已經預先約定，某一天從大阪出發，在奈良若草山的山麓訂了一家叫武藏野的旅館。因此我從東京搭夜班火車出發，中途在京都住一夜，第二天早晨到達奈良。武藏野旅館現在也還在，但老闆已經和二十年前的不同了，那時候的建築物也老舊了，感覺頗為雅致。鐵道省的飯店落成是在那稍後的事，當時那家和菊水就是一流的旅館了。津村一副等得不耐煩，很想早一點出發的樣子。奈良我也是舊地重遊，於是乾脆，趁著難得的好天氣沒變之前，只在客廳窗前眺望一、二小時若草山，便即刻出發了。

在吉野口轉車，到吉野站有喀答喀答的輕便火車可搭，再往前就要沿著吉野川邊的道路徒步前進了。《萬葉集》裡的六田之淀，——在楊柳渡頭一帶道路一分為二。右轉是往賞花勝地的吉野山，一過橋立刻就是下千本[40]，關屋櫻[41]、藏王權現[42]、吉水院[43]、中千本，每年春天賞花遊客人山人海絡繹不絕的地方。其實我也來賞過兩次吉野的櫻花，一次是幼年陪伴上京觀光的母親，一次是高中時代，記憶中也是混雜在人群裡沿這山路右轉往上走，但這次往左邊的路走還是頭一遭。

最近，往中千本已經有汽車和纜車通行了，所以這一帶可能沒有人慢慢走著逛了，但從前來賞花的人，一定會從這叉道往右，來到這六田之淀橋上，眺望吉野川的河岸景色。

「啊，你看那邊，那邊看得見的就是妹背山。左邊的是妹山，右邊的是背山，——」

當時導覽的車夫，從橋的欄杆上指著川上的方向，讓旅客不由得停下手杖來觀望。過去我母親也在橋中央讓車子停下，把還不懂事的我抱起來，一邊在我耳邊低聲說。

「嘿，你記得妹背山的戲嗎？那就是真正的妹背山喏。」

因為是幼年的事情了所以印象不是很清楚，不過還記得山區料峭的春寒中，四月中旬花開時節微陰天氣的黃昏，遠方白茫茫的朦朧天空下，只有風吹過河面掀起一道道細細的皺摺般的波紋，吉野川從層層重疊的遠山之間，沿著峽谷流下來。在那山與山的縫隙之間，有兩座形狀可愛的小山，浮現在泛紅的夕靄之間。雖然無法看出兩座山是夾著河川相對的，但我從戲裡知道，山在河流兩岸。在歌舞伎的舞台上大法官清澄的兒子久我之助，和他的未婚妻雛鳥小姐，一個在背山，一個在妹山，隔著山谷築高樓而居。那場面在妹背山的戲裡也是童話色彩濃厚的地方，可能因此而強烈吸引了少年的心吧，當時聽到母親的話，就想到「啊，那就是妹背山嗎？」如果去到那河畔可能會遇到久我之助和那位少女，當時還耽溺在孩童式的幻想中。從此以後，我就一直忘不了那橋上的景色，偶爾就會懷念地想起來。於是二十一、二歲的春天，我第二次到吉野來的時候，再度靠在這橋的欄杆上，一邊思念著去世的母親一邊望著河川上游的方向出神。河正好從吉野山的山麓一帶注入逐漸開展的寬闊平原，因此水勢湍急的溪流情趣，逐漸轉為「流往無山之國」的優閒姿態。而且可以看見上游左岸的上市町，背後依山，前面臨水，沿著一條街道，路邊低矮的屋頂，錯落點綴著白牆，是由樸素的鄉間民房所形成的聚落。

我現在，正從這六田橋的橋頭通過，在叉路口左轉，往每次都從下游朝上眺望妹背山的方向走。街道沿著河岸筆直往前延伸，看起來是平坦而輕鬆的路，但據說從上市經過宮瀧、國栖、大瀧、迫、柏木，逐漸進入奧吉野的深山，到達吉野川的源流，越過大和與紀伊的分水嶺，就可以出到熊野的海邊。

因為從奈良出發得早，因此我們過午不久就進入上市町了。沿街兩排民宅的模樣，和從橋上所想像的一樣，既樸素又古雅，有些地方靠河的一邊沒有房子，只剩單邊有房子的街道，但大部分能眺望水的地方都被遮住，兩側被煙燻黑的格子窗，閣樓般低矮的二層樓房櫛比鱗次地塞滿道路兩側。邊走邊往陰暗的格子窗裡窺探時，鄉下房子固有的，通往後門沒鋪地板的走道，土間的入口，多半掛著有屋號或姓名的挑白藍染暖簾。不只店家，就是不再開店的人家，好像普遍也這樣。正面的門面全都故意壓低了似的屋簷低垂，面寬狹窄。但暖簾盡頭可以窺見中庭的樹叢，有些也看得見另外加蓋的別棟屋子。這邊的房子可能都有五十年以上，甚至經過百年、二百年的。但，房子雖老，到處門窗的紙卻都是新的。好像才剛換貼過絲毫沒有汙點，稍微有破的地方，也用花瓣型貼紙仔細補起來。那在透明的秋天空氣中，冷冷地泛著白光。一則因為沒有灰塵，所以才這麼清潔，一則因為沒用玻璃門窗的關係，對紙的使用可能比都會人更神經質。像東京一帶的人家那樣，外側會多裝一層玻璃門還好，要不然紙很容易髒掉變暗，或風從縫隙吹進來，都不能置之不理。總之那紙門的顏色非常清爽，屋簷下窗櫺的整齊格子，或隔扇拉門的燻黑色調，就像雖然貧窮但儀表端莊潔淨的美女那樣，看來清秀素雅品格高尚。我望著那照在紙門上的陽光，深深感覺好一個清爽的秋天。

實際上，天空非常晴朗，但反射出來的光線，卻明亮而不刺眼，美得令人渾身舒暢。太陽繞到河川對岸，日光映在街道左側的紙門上，而那反光則照到右側家家戶戶的房子裡。青菜店頭排列的柿子尤其漂亮。樹熟甜柿、御所柿、美濃柿，各種形狀的柿子，表皮受到戶外陽光的照射，一粒粒像瞳孔般閃著熟透的珊瑚色光澤。連烏龍麵店玻璃櫥裡的麵團也光澤鮮明。路上有些屋簷前鋪著草蓆，放著畚箕，正在上面曬著炭渣。不知從何方傳來打鐵鋪的鐵鎚聲和精米機的沙沙聲。

我們走到街尾，在一家館子的河濱座位坐下來用過午餐。妹背山從那橋上眺望時感覺好像遠在更上游的地方，但來到這裡一看卻變成就聳立在眼前的兩座山。隔著河川，此岸是妹山，彼岸是背山，——〈妹背山婦女庭訓〉[44]的作者，恐怕是在這裡實際目擊這景色而獲得那靈感的吧，不過這邊的川幅比戲劇中所見的要寬闊，並不是那麼緊迫的溪流。就算假設兩邊山上有久我之助的樓閣和雛鳥的樓台，應該也無法那樣互相呼應。背山那邊，山脊連接後方的山峰，形狀不齊，但妹山這邊則完全是獨立的一座圓錐形山丘。圓滾滾地披著一層綠樹外衣。上市町一直連接到山下為止，從河這頭望過去，房子背面，二樓其實是三樓，平房其實是二樓。其中也有從樓上往川底拉一條鐵線，將桶子穿過那裡，用繩子滑溜溜汲水上樓的。

「嘿，妹背山之後就是義經千本櫻[45]了。」

津村忽然這樣說。

「千本櫻的話，應該是在下市吧，我聽說過那兒有個釣瓶壽司店的故事，——」

據說平維盛[46]假裝成壽司店的養子隱姓埋名地藏在這裡，成為淨瑠璃那沒什麼根據的劇情，下市町住著自稱是那子孫的人，我雖然沒拜訪過，不過倒聽過傳聞。據說那一家，雖然沒有當時那不務正業的少爺權太，不過到現在還有名叫阿里的女兒，在賣釣瓶壽司[47]。不過津村所提出來的，是和那不同的，人稱靜御前的初音之鼓[48]，——有一家把那當寶物珍藏著，從這裡往前叫做宮瀧的對岸，有個叫菜摘之里的地方。怎麼樣，要不要順便過去看看。

說到菜摘之里，應該是在謠曲〈二人靜[49]〉中唱到的菜摘河邊。「菜摘川畔，不知從何處來了一位女子——」謠曲中靜的亡靈在這兒現身，說道「罪業之深，悲傷之餘，鎮日抄經。」隨即起舞，又唱道「暗自思量感到羞恥，內心雖難忘過去，……然而現今，切莫想到三吉野之河的菜摘女呀」，因此菜摘的地方是和靜有因緣的事，就以傳說來看似乎也相當有根據，並非完全胡亂瞎說的。從《大和名所圖繪》[50]中，也有「菜摘之里有稱花籠之水的名水，且有靜御前暫居房舍之遺跡」看來，那傳說是自古就存在的。擁有鼓的那家，現在自稱姓大谷，據說從前稱為村國的庄司，根據該家的記載，文治年間，義經和靜御前避難吉野時，曾經在該處逗留。此外附近也有象之小川、瞌睡之橋、柴橋等著名勝地，也有人趁遊覽之便，去要求借看那初音之鼓的，但因是歷代的傳家寶，因此若沒有適當的人介紹且於前一日拜託的話，並不隨便給看。其實津村已經拜託國栖的親戚代為說好，今日大約應該正在等候了。

「那麼，就是那傳說中以母狐狸皮張的鼓，只要靜御前砰！一聲敲響那鼓，忠信狐就會現身出來，是吧？」

「嗯，是的，戲中是這麼說的。」

「真有人家擁有那樣的鼓嗎？」

「據說有啊。」

「真的是用狐狸皮張的嗎？」

「我也沒看過所以無法保證。不過聽說確實是有淵源的人家。」

「那是否也像釣瓶壽司店那樣呢？謠曲中有〈二人靜〉，是從前哪個人惡作劇想出來的嗎？」

「也許是吧，不過我對那鼓有點興趣。心想務必要去造訪姓大谷的人家，看看那初音之鼓。——從老早以前我就這樣想了，那也是這次旅行的目的之一。」

津村這麼說，似乎有什麼原因，不過當時只說「以後有機會再提」。

之三

初音之鼓

從上市到宮瀧為止，道路右側依然沿著吉野川的流水前進。隨著山的逐漸深入，秋意也更濃了。我們幾次走進櫟樹林間，踏著滿地凋零的落葉一邊發出沙沙聲一邊前進。這一帶楓樹較少，而且並不集中一處，不過現在紅葉正盛，常春藤、木臘樹、山漆等各種紅葉，所到之處點綴在以杉樹綠葉為主的山峰之間，從最深的紅色到最淡的黃色，呈現各種層次的葉色。雖同樣稱為紅葉，但眺望所及，無論黃色、褐色、紅色，種類都極為複雜。同樣是黃色葉子，就有幾十種色調不同的黃。據說野州塩原的秋天，整個塩原人的臉色全都變紅了，那種染成一色的紅葉固然美觀，但像此處的這般模樣也很不錯。所謂「繚亂」的說法或「萬紫千紅」的用語，多半用來形容春天原野的花色，但此地秋天的色調，不同之處光以「黃」為基調，色彩變化之豐富就毫不遜於春野。那樣的黃葉，從山峰與山峰的裂縫之間，往溪谷漫溢出的光線之中，往往像金粉般一邊閃爍著一邊不斷落入水中。

《萬葉集》中，有「天皇幸于吉野宮」描述天武天皇在吉野的離宮，——笠朝臣金村[51]的歌中有所謂「三吉野之多藝都河內之大宮所」、三船山、柿本人麻呂[52]所歌頌的秋津之原野等，據說所指的就是這宮瀧村附近。我們終於從村子中途離開街道，走到對岸去。這邊的溪漸漸變窄，河岸也成為險峻的斷崖，湍急的溪水拍打著河床的巨岩，或匯流成湛藍的深淵。瞌睡橋由叢林密布的象谷深處淙淙流出象之小川的微細清流，瀉入深淵之處形成瀑布。據說義經就是在這橋上打瞌睡的，可能是後世的人編造的。不過，僅僅架在一道清流之上的纖細危橋，幾乎快被茂密的樹葉遮住了，上面附有船形屋般的可愛屋頂，可能是為了遮雨和防落葉吧。要不如此，像現在這樣的季節恐怕轉瞬就會被紛紛落葉掩埋掉。橋頭有兩間農家，那屋頂下似乎半邊拿來當自家的置物空間用，堆積著薪柴，只留下讓人勉強可以通過的路而已。這兒稱為樋口，路一分為二，一邊沿著河岸通往菜摘之里，一邊穿過瞌睡橋，經過櫻木宮、喜佐谷村，從上千本可以出到苔之清水、和西行庵[53]的方向。靜的歌中所唱的「踏過白雪皚皚的山峰入山之人」，大概就是指過了這座橋從吉野山後山往中院之谷方向去的。

仔細看來，不知不覺之間我們要前往的方向高峰聳立已經近在眉睫了。天空的領分變得更加狹窄，吉野川的流水彷彿已經山窮水盡，無論流水、人家和道路，都到溪谷盡頭了，不過所謂人煙又似乎只要有狹小空間，所到之處便可以無限延伸似的，那三面都被山峰的陡坡團團圍繞，形成囊底般的凹地，狹窄的河畔斜坡築成階梯，或蓋茅草屋，或闢為菜園的地方，據說就是菜摘之里。

原來如此，從水流、從山勢看來，確實像是落難者會棲息停留的地貌。

試著尋訪姓大谷的人家時，立刻就找到了。從村子入口走五、六丁，往河灘的方向彎進一片桑田之間，屋頂特別氣派的那家便是了。桑樹長得高高的，因此從遠處眺望時，只見像世家舊宅般茅葺屋頂的主棟和瓦片屋頂的屋簷，露出在桑葉之上，像海中之島般浮著，相當典雅。然而實際上的房屋，相較於屋頂的體面格式，房子卻只是一般平凡農家，朝向田地的兩間相連的廳間，臨路的紙門敞開著。鋪了地板的客廳裡，坐著一位四十左右像屋主的人。見到我們兩人出現時，雖沒遞名片卻走出來打招呼，無論從曬得黑黑肌肉結實的臉色，無精打采的模樣，或老實的眼神看來，或從小脖子寬肩膀的體格看來，怎麼看都只不過是一介愚直的農夫。

說道「因為聽國栖的昆布先生提起，所以我從剛才就在等著了」，連這話都很難聽明白的鄉下口音，這邊問起什麼時，也答不清楚，只是規規矩矩地鞠躬行禮。想必這個家現在也已經俸祿微薄，不復當年的模樣了，不過我倒覺得這種人反而容易親近。「非常冒昧，在您忙碌之中前來打攪。聽說府上珍藏著寶貴的傳家之寶，平常並不輕易讓人看的，今天特地來，是想請您讓我們見識一下。」這樣說了，對方為難地緊張起來，其實因為先祖遺訓要拿出那個物件之前，必須先齋戒七天才行，但如今那麼麻煩的事我們也說不出口了，所以雖然想讓希望看的人安心地看，但因為平日忙於耕種的農事，所以沒工夫奉陪臨時來訪的客人。尤其近日秋蠶的工作還沒結束，平常一屋子連榻榻米都全部翻起來，所以客人突然來訪，連請客人坐的客廳都沒有，因此，如果能稍微提前通知的話，一定會想辦法等著，一邊把指甲漆黑也沒修剪的手疊放在膝蓋上，一邊難以啟齒地說。

這麼看來，今天想必是為了我們，特地將兩個房間的榻榻米鋪上了等我們的。從紙門縫隙往儲藏室的方向窺探時，那邊還保持木地板的狀態，臨時搬過去那邊的農具還雜亂地靠邊擺著。床之間[54]已經擺飾著幾件寶物，主人恭恭敬敬地把那些物品一一排在我們前面。

有一卷題名為《菜摘村由來》的卷軸，數口由義經公賞賜的太刀脇差，和那目錄、刀的護手、箭筒、陶瓶，以及由靜御前所賜的初音之鼓等物品。其中菜摘村由來的卷軸，卷末題有「據聞右者五条御代官御役所時之御代官內藤杢左衛門大人當時出遊於此、大谷源兵衛於七十六歲依傳聞照樣記載留置於吾家」，並附有日期「安政二歲次乙卯夏日」。在那安政二年之歲代官內藤　左衛門來到本村時，現在的主人數代前的祖先大谷源兵衛老人曾當面下跪，面呈此記載時，據說這次換代官讓席下跪。但，這卷軸的紙張已經焦黑又焦黑般烏漆墨黑，實在難以判讀，因此另外附有抄本。不知原文如何，但這抄本方面頗多別字誤文，注音假名等也有許多不確實的地方，到底難以相信是出自受過正式教養者之筆。但從那文字看來，這家祖先是從奈良朝以前就住在這塊土地上，壬申之亂時村國庄司名為男依的人，聲稱支持天武帝曾參與討伐大友皇子。當時庄司領有由本村至上市的五十丁地，因此據說菜摘川這名字就是指這五十丁之間吉野川的稱呼。那麼關於義經，則有「又源義經[55]公於川上白矢嶽為慶祝五月節光臨此地於村國庄司宅內逗留三四十日御覽宮瀧柴橋之時御詠之歌」於是載有二首和歌。我到今日為止還不知有所謂義經之歌存在，不過上面記載的和歌，就算外行人眼裡也不會感覺是王朝末裔的調子，用字遣詞也欠缺格調。其次關於靜御前[56]方面，則有記載「其時義經公之愛妾靜御前曾經逗留於村國氏之家，自從義經公流落奧州之後頓失依附，因而捨棄御命投井自盡，據傳有謂靜井者也」，由此可見死於此處。並寫到「然而靜御前因與義經公別離後之妄念，每於夜晚化為火球，由右方之井出現之事凡三百年，時值蓮如上人[57]等諸人於飯貝村施行化益，村人請託上人可否濟渡靜之亡靈，上人二話不說欣然應允，於大谷氏所秘藏之靜御前之振袖上書記了一首歌」因而出示該歌。

我們在讀著該卷軸之間，主人並沒有添加半句說明，只默默恭敬地坐著。然而，臉上表情顯示出對父祖所留傳下來的這記事內容，徹頭徹尾完全盲信，心中毫無任何疑問的樣子。問起「那麼，上人寫了歌的振袖後來怎麼樣了？」據說先祖的時代，為了祭弔靜的菩提而寄附到村裡的西生寺，但現在不知交到誰的手上，寺裡也已經不見了。拿起太刀、脇差[58]、箭筒等物細細觀看時，似乎已有相當年代的東西，尤其箭筒已經斑斑駁駁了，不過這些並非我們能夠鑑定的性質。問題中的初音之鼓，既已沒有鼓皮，只有胴體收在桐木箱子裡。這也難以分辨，漆看來是比較新的，但並沒有蒔繪花紋之類的，看來是無足為奇的黑色素面鼓胴。不過木質倒像是舊的，所以可能在某個年代曾經重漆過也未可知。「這也有可能」，主人毫不關心地回答。

另外，有二尊附有屋頂和門扉，形狀莊嚴的牌位。一尊門扉上附有葵花紋，中刻「贈正一位大相國公尊儀」，另一尊為梅花紋，中央雕有「歸

真　松譽貞玉信女靈位」，右方有「元文二年巳年」，左方有「壬十一月十日」。但主人對這牌位，似乎也一無所知的樣子。只說這是從以前傳到現在，據說相當於大谷家的主君，每年正月元旦照例都要禮拜這二尊牌位。而且有元文年號的那尊，他想或許是靜御前的。臉色一本正經地這樣說。

從這個人的敦厚模樣，小心翼翼而不太有神的眼光看來，我們什麼都沒話可說了。事到如今還去談到元文的年號是什麼時代，提起靜御前的生涯中《吾妻鑑》[59]或《平家物語》[60]又如何也多此一舉。總之這裡的主人就是正直地一心這樣相信著。主人腦子裡所有的東西，未必就是那位在鶴岡的社頭，站在賴朝面前起舞的靜。那或許是從前這家的遠古祖先生前在世時，——象徵令人懷念的古代，某位高貴的女性。在名為「靜御前」這位上方貴婦的幻影中，寄託對「祖先」、對「主君」、對「古代」的崇敬和思慕之情而已。這種上方貴婦是否實際到這家投宿，避世幽居過，也不必追問了。既然主人這樣相信，就讓他去相信好了。勉強要同情主人的話，或許那不是靜，而是南朝的某位公主，或戰國時代逃難的人，無論是誰，在這個家族曾經榮華富貴的時代，曾經有過類似的事實，於是有關靜的傳說便混淆進來了也未可知。

當我們正要告辭時，

「沒有什麼可以款待，不過請嚐嚐看柿子吧。」

主人為我們泡了茶，用托盤端出柿子來，附上沒有灰的菸灰缸。

他所說的柿子想必是熟柿。空的煙灰缸並不是要丟香菸菸蒂的，而是要用那器皿托著吃爛軟如泥的熟柿子吧。在殷勤地招呼之下，我小心翼翼地拿起一個那快變形的果實放在掌心細看。圓錐形，尾部尖尖的大柿子，鮮紅熟透變成半透明的果實，彷彿塑膠袋般膨脹起來圓鼓鼓的，陽光照射下美得像琅玕的珠玉一般。市面上所賣的樽柿之類的，怎麼熟都沒辦法有這麼漂亮的顏色，在變成這麼軟之前形狀想必早已鬆鬆散散地垮掉了。據主人說，要做熟柿只能採用皮厚的美濃柿。在那還是硬的澀的時候就從枝頭採下來，盡量在風吹不到的地方，裝進箱子或籠子裡。這樣經過十天左右不需加上任何人工，皮裡自然會變成半流體，帶有像甘露般的甜味。其他的柿子，裡面會化成水般融掉，無法形成像美濃柿般黏稠。要吃這個，方法也有像吃半熟蛋那樣，先把蒂頭摘除，再從那蒂孔用湯匙舀的。不過即使弄髒手，最好還是用個碟子托著，用手剝皮吃更美味。不過據說看起來美，吃起來也美味，是在正好大約第十天前後的短暫期間，日子過長的話熟柿終究也會化成水。

邊聽著這話，我暫時望著手上的一顆露珠出神。而且感覺自己的手掌上，好像這山間的靈氣和日光都凝固在上面了似的。從前鄉下人上京，會抓一把京都的泥土用紙包起來當禮物，如果有誰問我，吉野的秋色如何，我可能會把這柿子寶貝地帶回去顯示給人看。

結果在大谷家感到佩服的，與其說是鼓或古文書，不如說是這**熟柿子**。津村和我，都開心貪婪地吃著這從牙齦到腸子底下清涼剔透甜蜜黏稠的柿子果實，一連吃了兩個。我口腔裡塞滿了吉野的秋天。試想起來，佛典中的菴摩羅果[61]可能都沒有這麼美味。

之四

狐噲

「嘿，你看那由來書的記載，只提到初音之鼓是靜御前的遺物，沒寫是用狐狸皮製的吧。」

「嗯，——所以我想那鼓是比劇本更早就有的。如果是後來才做的東西，應該會想辦法跟戲劇的情節攀上一點關係。換句話說就像妹背山的作者是看到實景才想到要設計那劇情的，千本櫻的作者也可能過去拜訪過或聽過大谷家的傳聞，而想到那件事情吧。尤其千本櫻的作者是竹田出雲[63]，所以那劇本完成至少是在寶曆以前，安政二年的由來書比較新，有這個問題。不過照『大谷源兵衛於七十六歲依傳聞照樣記載』的說法，傳聞是更古早的從前吧。即使那鼓是贗品，不是安政二年製成的，而是更早以前就有的，這樣的想像難道不合理嗎？」

「不過那鼓看起來不是很新嗎？」

「不，那個新不新不知道，不過鼓可能中途換漆或改造，經過兩代或三代了。我想在那個鼓之前，曾經有更古老的東西收藏在那桐木箱子裡。」

從菜摘之里回到對岸的宮瀧，這兒又是稱得上名勝之一的柴橋渡了。我們坐在那橋頭的岩石上聊了一會兒這樣的事。

貝原益軒[64]的《和州巡覽記》[65]中，有一段記載「宮瀧不是瀑布，兩側有大岩石，吉野川流過其間，兩岸巨岩高達五間上下，如屏風般聳立，兩岸之間河川之寬度約三間，狹窄處架有橋，大河流至此處，穿越狹谷河水甚深，其景絕妙也。」應該就是從我們現在所休息的這塊岩石所見到的景色。「里人飛岩由岸上躍入水底，由川下游出見人取錢也。據說飛出時雙手伸直雙腳合併，躍入水中一丈許，雙手伸展即浮出水面。」。《名所圖繪》中載有那飛岩圖，兩岸地勢、水流，正如那圖繪所顯示的一般。河川流到此處，以急轉彎畫出弧線由巨巖之間噴出白沫，奔騰滾瀉。剛才在大谷家聽說，每年竹筏被這巨岩撞擊遇難者並不希奇。飛岩的里人，平日在這附近釣魚，或耕作，碰巧有旅人經過，則上前勸誘演出得意絕活示眾。從對岸稍低的岩石飛躍入水則取百文，由此岸高岩跳躍入水則取二百文，因此對面的岩石稱為百文岩，這邊的岩石稱二百文岩，現在名稱還留著，據說大谷家主人年輕時還看過，但最近想看的旅客已經逐漸稀少，終於不知不覺之間就絕跡了。

「嘿，說到從前吉野的賞花，道路並不像現在開拓得這麼好，因此要從宇陀郡那邊繞過來，很多人會通過這裡喲。換句話說，義經逃難而來的路可能並不是現在一般人走的路。所以竹田出雲一定來過這裡，看過初音之鼓噢。」

——津村坐在那岩石上，不知怎麼現在還在掛念著那初音之鼓的事。自己雖然不是忠信狐，但仰慕初音之鼓的心勝過狐狸，自己見了那鼓，感覺就像遇到自己的母親那樣，津村坦白說出。

在這裡，我必須讓讀者概略地知道一下，這位叫津村的青年。老實說，我那時候在那岩石上聽他告白之前，對他的情況知道得並不詳細。——因為，就像之前也稍微提過的那樣，他和我是東京一高時代的同學，當時雖然是親密的伙伴，但從一高升上大學時，他就因家裡有事，回到大阪老家去，從此放棄學業。當時我所聽到的說法是，津村家是島之內[66]的世家，代代經營當鋪，除了他之外有兩個姊妹，雙親很早過世，孩子們主要由祖母一手扶養長大。而且姊姊已經出嫁，這次妹妹也訂了出閣對象，祖母內心越來越空虛，想把孫子喚回身邊，於是就說家裡沒人照應，趕緊回來別再上學了。「那麼去上京都大學怎麼樣？」我試著這樣建議，不過當時津村的志向與其說在學問不如在創作上，因此好像要說，反正生意可以交給掌櫃的，自己有空時可以寫一點小說比較輕鬆。

不過從此以後，偶爾有書信來往，但他好像完全沒有寫東西的樣子。

話雖這麼說，一旦回到家安定下來，當上了年輕少爺生活沒什麼壓力之後，自然野心也會消沉下去，因此津村可能在不知不覺間也習慣了境遇，甘於過著平穩的商家生活了。我在那大約兩年後，某一天收到他的信，末尾讀到他祖母過世的消息時，就想像他不久將會迎娶一位適合「御料人樣[67]」稱呼的京阪方面上方[68]古雅風格的夫人，開始完全變成一個島之內商家的老闆之一了。

因為這關係，後來津村雖然上東京來了兩、三次，但自從離開學校之後，還是第一次有機會好好談話。而且我感覺到，這位久違重逢的朋友的模樣，大體上正如我所料。無論男生或女生一旦結束學生生活進入家庭之後，營養忽然改善，膚色便開始變白，肌肉豐盈起來，體質逐漸改變，津村也開始帶有些許大阪爺們的富泰圓融，在還沒完全脫掉書生言語之間，逐漸夾帶起上方口音的腔調了。——以前就多少有一點，現在則更明顯了。

這麼寫來，想必讀者大致可以體會到津村這個人的外貌了。

那麼在那岩石上，津村突然說出初音之鼓和他自己的關係——還有這次想旅行的動機，在他心中密藏著一個目的——那來龍去脈還滿長的，以下盡量簡略傳達他所說的意思。

自己這種心情如果不是大阪人，或如同自己般早年就失去父母，沒見過雙親容顏的人（——津村這麼說）我想到底無法理解。你也知道，在大阪，有淨瑠璃、生田流[69]的箏曲、和地唄[70]，這三種固有音樂。自己雖然不是特別喜歡音樂，不過由於地方的風俗習慣，親近這種東西的時間很多，所以自然耳濡目染，不知不覺之間也受到不少影響。尤其現在回想起來，自己四、五歲的時候，島之內家裡後方的深奧房間裡，有一位膚色白皙眉眼秀麗的高雅婦人，和一位盲人檢校正在合奏著琴和三味線[71]——那某一天的情景。自己覺得那時彈琴的高尚婦人的身影，似乎正是自己記憶中唯一的母親形象。但那到底是不是母親，並不能確定。往後的年代根據祖母的說法，那婦人恐怕是祖母，她說母親在那稍早之前應該就已經過世了。但，自己卻不可思議地記得那時檢校和那位婦人所彈的是生田流的「狐噲」曲子。試想起來自己家從祖母以降，到姊姊和妹妹，全都是那位檢校的弟子，在那之後也偶爾重複聽到狐噲的曲子，所以可能始終印象猶新。然而說到那曲子的歌詞是這樣——

唉，心疼啊，母親大人，花般的姿容漸憔悴（合），
淚如露珠滴落地（合）。
智慧明鏡模糊不清失分明，去見祈禱治病的法師（合）。
險被法師帶走，
原來法師是狐狸（合）。

向母親招手，便回過頭來（合），像要說再會，
無奈欲言淚沾襟（合），
翻山越嶺過村莊（合），為誰而來呀（合），就為您（合）
為誰而來呀（合），就為您（合）
為誰而來呀（合），就為您（合）

你要回去了嗎？可恨哪。唉（合），
我要走了，啊，我將回歸森林（合）。
回去吧，思思念念（合），心中事無人知。

回我思念的白菊之鄉，隱身岩縫，隱身蔦蘿叢，

撥開竹林小徑，向前行。
蟲鳥爭鳴聊慰淒情（合）。

啊，開始下了，開始下了，今朝又（合）下起時雨，
今朝又（合）下起時雨。

歸去的路上，可留有來時的足跡（合），
西邊的田畦小徑，有人來了會危險哪（合）
山峰溪谷溼答答，心也溼答答，我要向前行，
越過一山又一山。
一心一意思念母親，
心焦焦，心焦焦。

——自己現在對這曲調的轉折和拍掌唱合的地方都能悉數記得，記憶中確實猶存著聽過檢校和婦人在那席間的唱合。想必因為這文詞中有某種地方深深感動了還不懂事的幼童的心吧。

本來地唄的文句中，就有許多會令人感覺不合情理，或語法荒謬凌亂，或意思特別曖昧不明晦澀不清的地方。而且有些是依據謠曲或淨瑠璃故事的神祕暗示，如果不知道那典故就更難解釋了。「狐噲」的曲子大致也都另有根據。但無論是「唉，心疼啊，母親大人，花般的姿容漸憔悴」或「向母親招手，便回過頭來，像要說再會」，都充滿了少年思慕即將遠走的母親的悲哀，看來當時還幼小的自己似乎也感覺到了。此外「翻山越嶺過村莊」，和「越過一山又一山」的歌詞，也有搖籃曲般的調調。而且不知是什麼樣的聯想作用，應該還不懂得「狐噲」這文字和意思，但後來聽到幾次這曲子時，卻似乎隱約懂得那是和狐狸有關的事情。

或許因為祖母經常帶他去文樂座[72]和堀江座看木偶戲，那時候所看過的〈葛之葉別子〉的場景深深烙在心裡的關係吧。那母狐狸在秋天的黃昏在紙門中織布，織布機發出咚卡拉哩，咚卡拉哩的穿梭織布的聲音。還有捨不得正在睡覺的兒子而在紙門上記下「如果想念娘就到和泉來訪——」的歌。那樣的場面對沒見過母親的少年，訴求力量之大，除非經歷過那種遭遇的人否則恐怕難以想像。自己雖然還小，但對「我將回歸森林」的句子，和「回我思念的白菊之鄉，隱身岩縫，隱身蔦蘿叢，撥開竹林小徑，向前行」等歌的曲調之中，看到一隻白狐往各色楓紅的深秋小徑朝森林舊窩奔跑而去的背影，想像自己就是那思念母親追蹤而去的童子，更加深對母親的思念，誰又能責怪呢？

這麼說來，信田之森就在大阪附近，從前唱過的葛之葉童謠，和玩過的幾種家庭遊戲都有關聯，我自己也記得兩種。其中之一是：

釣吧、釣吧、
釣信田之森的
狐狸吧

一邊這樣唱著，一個人扮成狐狸，兩個人扮成獵人，大家圍成圓圈，握著繩子的兩頭，玩釣狐狸的遊戲。聽說東京的家庭也有類似這樣的遊戲，我曾經在某個聚會中看藝妓玩過，但唱的句子和曲調都和大阪有點不同。而且遊戲的人，在東京是坐著玩，在大阪通常是站起來玩，因此扮狐狸的人，就要邊唱邊做出滑稽的動作，慢慢接近圓圈過來，——有時碰巧由俏麗的商家女兒或年輕媳婦扮演時，尤其可愛。少年時，新年的晚上被招待到親戚家玩這種遊戲時，有一位天真爛漫的年輕漂亮女子扮演那狐狸的身段非常美妙優雅，我到現在都還記得很清楚。另外還有一種遊戲，是許多人手牽手圍坐一圈，讓鬼坐在圈子裡面。然後手上拿一個豆子般的小東西，不讓鬼看見，一邊唱著歌一邊順序移交那東西，等唱完歌時大家安靜不動，讓鬼猜那豆子傳到誰手中。歌詞是這樣：

摘麥仔
摘艾草

九粒豆豆在手中
九粒豆豆
比豆子數
更想念親娘所在的地方
如果想念
就來拜訪吧
信田森林背後的
葛之葉

自己對這首歌，雖然微小卻也感受到一點兒童的鄉愁。

大阪的商家，以前都雇用了許多周邊例如河內、和泉一帶鄉下來年期奉公[73]的丁稚[74]和下女，冬夜寒冷，打烊關店之後這些奉公的少年男女，也和家人一起繞著火缽團團圍成一圈，邊唱著這歌邊玩遊戲。在船場[75]和島之內一帶的商家經常可以見到這情景。試想起來離開草深的故鄉，來到城裡商家見習商法和禮儀的子弟們，無意間口中喃喃唸著透露「想念家鄉的雙親」之間，想必會油然浮現茅草屋頂的昏暗穀倉裡彎身坐著的父母的身影。自己後來，在忠臣藏[76]的第六段中，那戴著深編斗笠的兩個武士來訪的地方，出乎意料之外地聽到這首歌被用來演奏時，和與市兵衛[77]、阿姆、阿輕等的境遇，搭配得非常巧妙，真令人佩服。

當時，島之內家裡也有許多奉公的人，因此自己每次看到他們唱那歌遊戲時，就會感到既同情，又羨慕。雖然離開父母膝下住進別人家裡很可憐，但這些奉公人隨時都可以回到家鄉，可以見到父母親，但自己卻沒有父母可見。因為這樣，自己總覺得如果到信田的森林裡去的話，好像就能見到母親似的，確實在小學二、三年級的時候，曾經悄悄地，沒告訴家人，就邀了同班同學到那裏去過。那一帶現在從南海電車下了車也還必須走半里路才能到的不方便地方，當時不知道有沒有火車到途中，總之大部分都搭乘咖搭馬車，感覺好像走了好遠的路。去一看，大楠樹的森林裡建有葛之葉稻荷祠，有傳說中葛之葉公主鏡子。

我在繪馬堂觀看掛在牆上的別子情景版畫的繪馬[78]，雀右衛門[79]或誰的肖像畫額，略感安慰後走出森林，但回程的路上，看到各處農家的紙門後方，現在也還發出咚卡拉哩、咚卡拉哩織布機的聲音，懷念得不得了。可能因為那沿途正是河內木棉[80]的產地，因此有很多織布機房吧。總之那聲音不知安慰了自己多少思慕之情。

不過自己覺得奇怪的是，我這樣經常思念的對象主要是母親這邊，對父親則不怎麼會。這毛病可能因為父親比母親早過世，因此母親的姿影，就算萬一也有可能還留在記憶中，父親則應該完全沒有了。從這點來想，自己對母親的愛戀心情，或許只是模糊地對「未知女性」的憧憬，——也就是或許和少年期戀愛的萌芽有關係也不一定。因為以自己的情況，過去身為母親的人，和將來會成為妻子的人，都同樣是「未知女性」，那是由眼睛所看不見的因緣之線和自己連繫在一起的，那麼兩者都相同。這種心理就算沒有像自己這種境遇的任何人，可能都潛藏有幾分。證據在於那狐噲歌詞的文句中，有像孩子思慕母親般的「為誰而來呀，就為您」，或「妳要回去了嗎，可恨哪，唉」，也像是在唱相愛男女的哀別離苦。這歌的作者可能特地讓歌詞曖昧化，讓人可以從兩方面去聽取那含意。無論如何，自己從第一次聽到時開始，就一直在描繪著母親的幻影，真是令人難以相信。我想那幻影既是母親同時也是妻子。所以自己幼小的心中那母親的容貌，不是年老的婦人，而是永遠年輕美麗的女子。那馬夫三吉[81]的戲裡出現的奶媽重之井，——是穿著華麗和服，服侍大名公主的華麗貴婦，——自己夢中的母親就是像三吉的母親那樣的人，在夢中自己也經常變成三吉。

德川時代的狂言[82]作者，或許頭腦轉得很靈活，能把潛在觀眾意識底層極微妙的心理巧妙地揣摩出來也未可知。這三吉的戲碼中，一邊是貴族的女兒，一邊是馬夫的兒子，這中間，配上既是乳母也是母親的高尚婦人的角色，表面上是處理親子之情固然沒錯，但陰影下未必不是在淡淡暗示著少年的愛戀情懷。至少從三吉這邊看來，住在森嚴的大名深奧御殿中的公主和母親，同樣成為思慕的對象。而在葛之葉的戲碼中，父親與兒子則以同樣的心情思念著一個母親，但這種情況，母親是狐狸這樣的設計，則讓觀者多加一層幻想的餘地。我心想自己的母親如果能像戲中那樣，是狐狸的話該多好，不知有多羨慕安倍童子。因為如果母親是人的話，已經沒有希望在這個世間重逢了，但如果是狐狸變成的人，說不定哪天又會再變回母親的身影重新出現也未可知。沒有母親的孩子如果看了那齣戲，一定誰都會有那樣的感覺。至於，千本櫻的私奔，母親——狐狸——美女——戀人——這樣的聯想就更緊密了。在這裏母親是狐狸，孩子也是狐狸，而且靜和忠信狐則寫得如同主僕一般，不過卻下功夫讓看戲的人眼裡彷彿像是戀人的私奔一般。因此我最喜歡看這齣舞劇。而且自己彷彿是忠信狐，被以母親的皮所張的鼓的聲音所吸引，來到吉野山撥開花之雲尋訪靜御前的蹤跡，邊想像著，一路思念一路前進的境遇。自己甚至想過，至少學那戲裡的舞姿，在溫習會的舞台上扮演忠信。

「不過不只這樣噢。」

津村說到這裡，一邊眺望著秋天提早暗下來，對岸菜摘之里的森林陰影，一邊說「我這次好像真的是被初音之鼓所吸引而來到這吉野的。」

他那少爺般的善良眼角，露出某種令我摸不清的笑意。

之五

國栖

那麼接下來就讓我把和津村的對話間接轉述出來。

就為這緣故，津村對吉野這地方會懷有特殊的情懷，一則因為受到千本櫻戲劇的影響，一則因為從小就聽說自己的母親是大和地方的人。津村想趁祖母生前盡可能調查清楚母親的經歷，而試著問過好多次，但祖母卻推說大多忘了，得不到滿意的答案。就算試問過一些親戚的伯父母們，奇怪也都沒人知道母親娘家的事。畢竟津村是世家，兩代或三代前的親戚，應該還有往來，但其實母親好像並不是直接從大和的家裡嫁過來給父親的，而是幼年曾經被賣到大阪的花街，從那邊先被適當人家收為養女，再坐轎子嫁過來的。因此戶籍上的記載，是生於文久三年，明治十年十五歲上從今橋三丁目浦門喜十郎家，嫁到津村家，於明治二十四年二十九歲死亡。中學畢業前後，津村總算勉強得到這一點有關母親的事情。事後回想起來，祖母和年長的親戚們不太願意告訴他，可能因為母親的前身畢竟有緣故，不想去提吧。但以津村的心情來說，對於自己的母親是曾經走過狹窄巷弄的人這回事，只有增加他的懷念之情，並不感覺有什麼不名譽或不愉快。何況婚姻是在十五歲時結的，無論怎麼說是早婚的時代，可能母親在那個圈子裡被汙染的程度都很少，應該還不失為一個純真的女孩子。因此才會生下三個孩子之多吧。而且天真無邪的少女新娘，可能也受過各種適合被迎娶到夫家成為世家主婦的修身美育。津村過去曾經看過母親十七、八歲時練習用的手抄琴譜、歌譜，那些都是用白色宣紙四折起來橫抄列出歌詞，行間以硃筆仔細寫出的琴譜，呈現美麗的書法流派筆跡。

後來津村到東京遊學，自然和家人疏遠了，但在那之間想知道母親故鄉的心反而更強烈了。老實說，他的青春期也可以說是在思念母親中度過的。對於在街上擦肩而過的女人、小姐、藝妓、女演員等，並非沒有懷過淡淡的好奇心，但他每次注意的對象，都是臉蛋和在照片上看過的母親倩影多少有點共通感覺的人。他會捨棄學校生活回到大阪，並非完全只順從祖母的意思，也被自己所憧憬的土地，——能更接近母親故鄉的地方，和她曾經短暫度過一半生涯的島之內家，——所吸引的關係。而且再怎麼說，因為母親是關西女子，因此在東京街上遇到像她的女子很稀少，但在大阪，卻經常能遇到。可恨的是，只知道母親長在花街，卻不知道是什麼地方，雖然如此他為了能遇到母親的幻影而接近花柳界的女人，親近茶館酒肆。從這些事情而暗戀上一些別人的戀人。雖然贏得了愛「玩」的花名。卻只不過因為戀母情結所致，其實一次都沒有深交過，所以到現在依然繼續保持童貞。

過了兩三年之間，祖母就去世了。

祖母去世後的某一天。他想整理遺物而打開儲藏室裡和服衣櫥的抽屜時，終於在祖母的手筆文件之間，發現夾雜著從來沒見過的舊文件和舊書信。好像是母親還在奉公時代，父母親之間所來往的情書，從大和老家的親娘寄給母親的信，和琴、三味線、插花、茶道的修業證書等。情書有三封是父親，兩封是母親寫的，全是沉醉於初戀的少男少女幼稚的悄悄話往來，不過可以感覺到始終避開外人耳目的情況。尤其母親的書信上「……愚蠢的我未曾考慮到您的心情便寄上書信請稍加體諒……」或「您不只告訴我一件事情，我覺得很高興，讓我也向您表白羞恥的身世……」，以十五歲少女來說，運筆雖然生澀，然而用語卻也頗為早熟，令人自然想到當時男女的早熟情況。其次故鄉寄來的只有一封，收件人寫著「大阪市新町九軒粉川樣轉阿澄收」。寄件人為「大和國吉野郡國栖村窪垣內昆布助左衛門內」，開頭寫著「本次汝之孝心感人，茲書此信問候，天氣逐漸轉寒，未知汝是否晨昏無恙，家中一切安好，請放心。務必恭敬尊稱對方父親母親誠心感激……」對館主一定要盡孝心，要努力學習遊藝功課，切勿貪圖他人之物，對神佛要有虔誠信心等，記下數條帶有教訓意味的事項。

津村坐在滿是灰塵的儲藏室地板上，在昏暗的光線下，反覆讀著這些信件。一留神時，天色已經暗下來，於是又把那拿到書房去，在電燈下展開來。從前，可能是三、四十年前，在吉野郡國栖村的農家，蹲在油燈的幻影下，強睜著昏花的老眼，給女兒細細寫信的老婦身影，浮現在這超過二尋[83]的長卷信紙上。雖然書信用語和平假名用法，許多地方可以看出鄉下老婦筆下不夠嚴謹的地方，但字體還不算拙劣，頗有書法流派端正筆鋒所舒展的筆意，並非完全沒有恆產沒有教養的貧農百姓。但，可以察覺由於某種困難情況，必須以女兒籌錢。可惜只寫出十二月七日，並未記載年號，不過這可能是女兒到大阪之後的第一封信。由此也可看出隨處流露對老後處境心虛的地方。看得見「這是為母的遺言」或「就算這邊已經不在了，也會保護妳的身子」的句子。在擔心不可以做這個、那個之間，有趣的是，還長長地訓誡，不可以浪費紙張，「這紙張也是為母和阿利手漉的紙，務必一定要隨身攜帶好好珍惜。無論汝身生活多麼奢華，唯有紙張千萬不可糟蹋噢。為母和阿利在漉這紙時每天手泡在水中，指尖紅腫凍裂都快斷了，非常非常辛苦啊」一連寫了二十行之多。津村因此得知母親娘家是漉紙為業的事。也知道母親家人之中好像有姊姊或妹妹，名叫「阿利」的婦人。此外也看到有一位叫「阿英」的婦人。寫著「阿英每天去積雪的山上挖葛根以便賺錢存旅費去探望妳，請妳期待吧。」還有「想念孩子的父母，心情黯淡不知如何是好，於是越過那黑暗嶺」，和歌最後這樣寫著。在這歌裡提到的「黑暗嶺」這地方，是從大阪要翻越到大和的路上，在還沒有火車的時代，大家都得翻越那座山嶺。山頂上有一座什麼寺，那兒是出杜鵑鳥聞名的地方，因此津村中學時代也去過一次，應該是六月左右的某一夜，在還沒天黑之前來到山區，在寺裡住了一夜，清晨四五點左右，感覺紙門外開始微微泛白時，忽然不知從後山何處，傳來一聲杜鵑的啼聲。於是接著，可能那同一隻鳥，或其他杜鵑又發出兩三聲，——最後變成不再稀奇的啼聲。津村讀到這歌，忽然想起，當時沒什麼感覺地聽過去的杜鵑啼聲，現在卻開始懷念起來。而且覺得古人把那鳥啼比擬成故人的靈魂，或稱「蜀魂[84]」或稱「不如歸」，真是非常貼切的聯想。

不過老婆婆的信讓津村感覺最稀奇的原因是另外一點。也就是說，這位婦人，相當於他的外婆，在文中竟頻頻提到狐狸。「……往後妳應該要每天早晨去拜府上的稻荷神和白狐命婦之進，正如妳所知道的，只要妳爹一呼喚，狐狸就會像那樣走到旁邊來，這都是一心相信的緣故……」，或提到「因此要知道這次的事情也都是託白狐的福，但願往後妳一定要每天虔誠祈禱闔府家運長久昌隆無病無痛……」從所寫的這些事情看來，就知道外婆夫婦對稻荷神的信仰非常堅定。推察所謂「府上的稻荷神」，可能是在宅院中建了小祠供奉著。而那名為稻荷的使者「命婦之進」的白狐，也可能在那小祠附近的某處築巢。至於說到「正如妳所知道的，只要妳爹一呼喚，狐狸就會像那樣走到旁邊來」，真的那白狐會聽外祖父的聲音而從洞穴裡現身出來，或靈魂會附在外祖母或外祖父身上，雖然不清楚，但可想而知外祖父這個人可以自由喚出狐狸，而這狐狸似乎經常跟隨在這對老夫婦身旁，左右著一家的命運。

津村把寫有「這張紙也是為母和阿利手漉的紙，妳務必一定要隨身攜帶好好珍藏」的那紙捲，他真的隨時帶在身上。至少如果真的是明治十年以前，母親被賣到大阪之後不久所寄的信的話，應該已經經過三、四十年的那紙張，雖然已經像被隔火烤得焦焦黃黃地變色了，但紙質卻比現在的東西肌理更細緻，更堅實。津村把那紙張裡所穿過的細密而扎實的纖維紋路，透著日光細看，想起「為母和阿利在漉這紙張時，每天手泡在水中，指尖紅腫凍裂得快斷了，非常非常辛苦啊」的句子時，感覺到那彷彿老人的皮膚般薄薄的一張紙片中，正包含著生下自己的母親的血。想必母親在新町的公館收到這封信時，也像自己現在所做的一樣，把這寶貝兮兮地貼身帶著，想到這裡那「發出昔人袖香」的文殼封套，對他來說就成為倍加懷念的珍貴紀念了。

後來津村就以這些文書當成憑據，開始探尋到母親生家的過程，就不必再贅述了。畢竟說來那已經是離當時三、四十年前的事，而且正好遭遇維新前後劇變的時代，所以無論是母親被賣到新町九軒的粉川家，或出嫁前暫時入籍的今橋浦門養父母家，現在都已亡故消失，無從追查了。結業證書上署名的茶道、插花、琴、三味線等的師傅家，也都斷絕了，結果前述文書成為唯一的線索，到大和地方的吉野郡國栖村去尋找既是捷徑，也是唯一的方法。因此津村在自己家祖母去世的那年冬天，做過百日忌的法事之後，也沒告訴親近的人真正目的，便以獨自飄然出門旅行的模樣，毅然到國栖村去了。

和大阪不同，鄉下地方應該沒有多激烈的變遷。何況同樣說鄉下，還是接近深山盡頭的吉野郡偏僻地方，因此就算是貧窮的農家也不會只在兩代或三代之間就消失無蹤。津村內心忐忑不安地懷著這樣的期待，在晴朗的十二月某天早晨，從上市僱了一輛車，就從今天我們走來的這條街道趕往國栖。在看得見令人懷念的鄉村農舍時，最先吸引他眼光的，是到處屋簷底下正在晾乾的紙。彷彿漁村裡在曬海苔般的模樣，長方形的紙整齊地排在板子上豎立著。眺望著那雪白的紙板散佈各處，街道兩側、丘陵階梯上，高低錯落，在冷冷的日光下閃閃反射時，他眼眶裡不由得浮出眼淚。

這裡就是自己祖先的土地。自己現在正踏在長久以來夢寐思念的母親故鄉的泥土上。這歷史悠久的山間村落，在母親剛出生時，應該就是像現在眼前所見的和平景象吧。四十年前的日子，和昨天這日子，在這裡應該是同樣的清晨、同樣的黃昏。津村感覺好像來到和「昔日」僅一牆之隔的地方了。只要眼睛一閉上的短短瞬間，再睜開時，母親可能就在那邊某個地方的籬笆內，混在一群少女之間一起遊戲著也不一定。

在他最初的預想中，因為「昆布」是稀奇的姓，因此以為應該立刻就會知道的，但到了窪垣內這個里一看時，卻發現此地「昆布」這個姓非常多，因此很難找到想找的那家。沒辦法只能和車夫兩人一家家拜訪姓昆布的人家，但名叫「昆布助左衛門」的人，以前怎麼樣不清楚，現在據說一個也沒有。後來一家糖果店裡走出一位老人站在屋簷前指著說「那麼或許那一家會知道」，所指的是街道左側稍高的台階上，看得見的一棟茅草屋頂的人家。

津村讓車伕在糖果店前等候，自己則往縮進半町左右緩緩上坡的路走上去。雖然是驟然變冷的早晨，但那兒有和緩後山環繞，寒風吹不到，在溫暖的陽光普照下自成一廓的三、四家人全都在漉著紙。登上斜坡的津村，發現那山丘上每家年輕女子都暫時停下手上的工作，稀奇地俯視著這一帶沒看慣的都會風采青年紳士走上前來。漉紙似乎是年輕女孩和媳婦們的手工作業，在院子裡工作的女孩子們頭上幾乎都綁著頭巾。津村在那樣的紙和頭巾潔白清爽的反光中，走近人家所指那間房子的屋簷前站定。仔細一看，門牌上寫著「昆布由松」，並沒有助左衛門的名字。母屋右側，建有一棟像倉庫般的小屋，那邊地板上有個十七、八歲的女孩趴在上面，雙手泡在掏米汁般顏色的水中，一面搖擺木框，一面嘩地撈起來。木框裡白色的水濾過蒸籠般鋪著的簾子底下，沉澱成紙的形狀時，女孩便依照順序把紙排在地板上。然後再把木框泡進水中。朝外的小屋木門是敞開的，津村佇立在一叢開始枯萎的野菊矮籬外，一邊眺望著之間，女孩已經手法俐落地漉完兩三片木框。身材苗條的鄉下姑娘長得結實強健、骨架粗壯、個子高大。臉頰皮膚看來健康緊實，年輕而光澤煥發。不過更吸引津村注意的，是她那泡在白色水中的手指。原來如此，難怪信上寫著「每天手指紅腫凍裂快斷掉般」。但那被寒冷折磨得紅腫起來傷痕累累的手指，依然擋不住妙齡女子與日俱增的發育力，令人感覺到一種惹人憐愛的美。

這時候，注意力忽然轉移，眼睛看見母屋左側角落有一座古老的稻荷小祠。津村的腳步不禁踏進圍牆裡去。並走向從剛才就在庭院前晾著紙張，看來就像這家主婦的二十四、五歲婦人前面。

主婦聽了他的來意之後，由於理由實在太唐突了，一時顯得有些遲疑，但在看過拿出來佐證的信之後，似乎逐漸明白了。「我不太清楚，請當面問老人家吧」，說著去叫人在母屋深處六十左右的老婦。就是信上所提到「阿利」，相當於津村母親姊姊的婦人。

這位婆婆在他熱心的詢問下，一邊提心吊膽，一邊從缺了牙的口中慢慢追述，斷續拉回逐漸消失中的記憶線索。其中有些完全遺忘無法回答，有些應該是記錯的，有些是顧忌著不說的，有些是前後矛盾的，雖喃喃細語但漏氣的聲音很難聽清楚，很多地方反覆追問了幾次都不得要領，泰半只能憑這邊的想像來填補，但總之這樣津村所得知的事情，也已經足夠解開他二十年來關於母親的疑問了。雖然這婆婆說母親被送到大阪應該是慶應年間，但今年六十七歲的婆婆說當時她是十四、五歲，母親是十一、二歲時，因此不用說是明治以後的事情。所以母親在新町奉公也僅有兩、三年，頂多不過四年。就嫁到津村家來了。從阿利婆婆的口氣聽來，可以察知昆布家當時雖然因窮困所逼，但仍然是相當重視名聲的世家，所以應該是盡量隱瞞把女兒送到那種地方去奉公的事。而且女兒在奉公期間自不必說，即使是在嫁入豪門之後，一來因為女兒感到羞恥，一來自己也覺得羞恥，於是便不太來往了吧。此外，當時在花街奉公，無論是藝妓、遊女、茶店女、或其他女子，一旦簽下賣身契後，習慣上就和親生爹娘斷絕關係，往後女兒就是「管吃管住的奉公人」，無論事情如何發展，娘家都無權干涉。但依婆婆模糊的記憶，妹妹和津村家結緣之後，她母親好像曾經到大阪去見過一次或兩次，還語帶驚奇地述說著已經熬出頭當上大戶人家少奶奶的女兒的遭遇，而且據說還帶話要她阿利也務必去大阪找她，不過總不能一副窮酸模樣到那種地方去，妹妹也沒有再返回過故鄉，因此她終於沒看過成人以後的妹妹，後來她妹婿過世，妹妹過世，自己雙親也過世，從此以後和津村家的往來就更斷絕了。

阿利婆婆稱呼她的親妹妹，——津村的母親以迂迴的用語稱為「您的母親大人」。這可能出於對津村的禮貌，也可能是忘了妹妹的名字。問起「阿英每天到積雪的山上去挖葛根」的那位「阿英」是誰時，說是大女兒，阿利是二女兒，么女兒就是津村的母親阿澄。但，由於某種原因長女阿英嫁出去了，阿利招贅繼承了昆布家的家業。而且現在那位阿英和阿利的丈夫都過世了，這個家現在由兒子由松這一代在主持。剛才在庭前應對津村的婦人正是由松的妻子。因此，阿利的母親生前應該保存有少許和澄女有關的文件和書信，但已經過了三代的今天，幾乎都沒留下像樣的東西了。——阿利婆婆這麼說了之後，又像忽然想起來似的，站起來打開佛壇的門，拿起一張擺飾在牌位旁的相片來出示。那是津村也記得看過的，母親當年拍攝的手札[85]大小的胸像，他自己也複製了一張珍藏在相簿裡。

「對了，對了，您母親大人的東西，——」

阿利婆婆隨後又想起什麼似的補充道。

「除了這張相片之外，還有一面琴。母親說這是大阪女兒的紀念品，一直珍藏著，很久沒拿出來看，不知道變怎麼樣了，……」

津村聽說，到二樓的儲藏室找的話應該會有，為了讓他看看那琴，而等候去田裡工作的由松回來。於是趁那空檔到附近去吃個中飯再回來時，自己也幫年輕夫婦的忙，把那滿布灰塵又大又笨重的東西搬出明亮的屋簷下。

為什麼這種東西會傳到這個家裡來呢？掀開覆蓋著的褪色防水油布時，底下出現的是，雖然古舊卻有非常華麗蒔繪的本間琴[86]。蒔繪的花紋，除了琴甲之外，幾乎全面畫滿了，兩側的「磯」似乎是住吉[87]的景色，一側松林中搭配有鳥居和拱橋，一側海濱的波浪間畫有高燈籠和磯馴松[88]。從「海」往「龍角」和「四分六」一帶有無數千鳥飛翔著，「荻布」一側，「柏葉」下方可以隱約看見五色雲彩和仙人的姿態。而且那些蒔繪[89]顏料的色彩，在桐木質地經歷長久年代之後顯得暗沉，而更加散發出沉穩逼眼的高尚光澤。津村拂拭掉油布上的塵埃，重新查看那繪染的花紋。質地可能是雙層羽織的，表面上方是紅底反白的八重梅[90]紋，下方則畫有唐朝美女坐在高樓上彈琴。樓柱兩側高掛著「二十五絃彈月夜」「不堪清怨卻飛來」的對聯。內側飛雁行列出現的旁邊，可以讀出「彩雲如路琴柱似雁成群飛」的文字。

然而，八重梅並非津村家的家紋，難道是養父家的家紋，或說不定是新町公館的家紋。或許在嫁到津村家時，已經成為不再使用的花街時代的紀念品而送回鄉里嗎？那個時分，娘家可能正有妙齡女孩，為了給那女孩於是請老家的祖母帶回去，也有可能。或者出嫁之後，還長久留在島之內的家中，由於她的遺言或某種原因而送回老家也未可知。但，阿利婆婆和年輕夫婦對這些原由都一無所知。只想到好像附有書信之類的東西，但現在也沒看見了，只記得聽說這是從「給大阪的人」那兒送來的東西而已。

另外，還有一個附屬的小桐盒，裡面收著琴柱和琴爪。琴柱是泛黑的堅硬木質，也一一畫上蒔繪。琴爪方面，似乎用得很多，有被手摩擦過的痕跡，過去母親的纖纖玉指曾經戴過的琴爪，津村十分懷念，忍不住拿起來往自己的小指頭上套套看。幼年時，在一個房間裡有一位高雅的婦人和檢校正在彈著「狐噲」的場面，瞬間閃過他的眼角。雖然那位婦人可能不是母親，琴也可能不是這面琴，但這首曲子母親大概也彈過、唱過幾次。如果可能，自己想把這樂器修好，在母親的忌日請個適當的人來彈「狐噲」的曲子，從那時候開始津村就這麼想。

至於庭院的稻荷小祠，因為代代都以守護神一直在祭拜著，因此年輕夫婦也證明那確實就是信上所寫的沒錯。不過，現在家裡已經沒有人能夠使喚狐狸了。由松小時候，雖然聽說祖父經常會做那樣的事情，不過所謂「白狐之命婦進[91]」則不知道在哪一代已經不再現身了，只剩下小祠後方櫟樹下從前狐狸棲息的洞穴還在而已，津村被帶過去一看，只見洞穴入口現在寂寞地懸掛著注連繩[92]。

以上的事情，是津村祖母去世那年的事，因此從他在宮瀧之岩上告訴我時，又往前追溯兩、三年。而在那期間他給我的信上所寫的「國栖的親戚」，指的就是這位阿利婆婆一家。因為，再怎麼說阿利婆婆對津村來說是母親的姊姊等於阿姨，而她家就是母親的娘家沒錯，所以後來他重新和這一家親戚開始來往。不僅如此，還提供生計上的援助，為阿姨增建了廂房，幫他們擴建漉紙工廠。託他的福昆布家雖然從事的是小小的手工業，不過規模則明顯地擴大了。

之六

入之波

「那麼，這次旅行的目的是？——」

兩個人忘了周遭薄暮已經降臨，還在那巨岩上休息，當津村的漫長故事告一段落時，我問他。

「你來找那位阿姨，是有什麼事情嗎？」

「不，現在這話題，還有一點下文呢。——」

眼底下的岩石上濺起激流的白色泡沫，在黃昏夕暮中幾乎難以辨認，但我依然能從輕微的跡象感覺到津村一邊這麼說著，臉一邊微微泛紅起來。

「——我說過，第一次站在姨母家的圍牆外時，看到裡面一個十七、八歲的女孩子正在漉紙對吧？」

「嗯。」

「那個女孩子，據說其實是另一位姨母，——去世的阿英婆婆的孫女。她那時候正好到昆布家來幫忙。」

正如我所推測的那樣，津村的聲音逐漸變得不安起來。

「就像剛才也說過的那樣，那女孩子完全是個鄉下姑娘，絕對算不上美或可愛。因為是在那樣寒冷的天氣之下做著泡水的工作，所以手腳也不優雅，毫不保養粗糙得很。但我可能因為受到那封信的詞句所暗示的『指尖紅腫凍裂快要斷掉一般』的影響，從第一眼看到泡在水中紅紅的手時，就開始奇怪地喜歡上那女孩子了。而且，說起來，她的容貌有某方面和我在相片上看到母親的臉相似的地方。畢竟她的生長環境不同，要說屬於女傭型也是沒辦法，但只要經過一番琢磨，或許能成為最像我母親的人。」

「原來如此，那麼她就是你的初音之鼓了。」

「嗯，是啊。──你覺得，怎麼樣？我想娶那個女孩子──」

那女孩子名叫阿和佐。是阿英阿姨的女兒阿元嫁給柏木附近的農家市田某，在那兒生下的孩子。由於家境不寬裕，因此小學畢業後就到五条町去當女傭。到了十七歲，又因家裡人手不夠而告假回家，後來就一直在家幫忙農事，冬天沒工作之後，就被叫到昆布家幫忙漉紙。今年應該也快來了，大概還沒到。更要緊的是，津村想先向阿利阿姨和由松夫婦表明自己的意向，看結果如何，可能即刻招呼她過來，或去她家拜訪。

「那麼，如果順利的話，我也可以見到阿和佐囉。」

「嗯，這次旅行邀你來，也是想務必請你見一面，聽聽你觀察的意見。畢竟境遇差別太大了，娶那女孩到底能不能幸福，這點多少有點不安，雖然我自信沒問題。」

總之我催促津村從那岩石上站起來。然後，從宮瀧雇了車子，到達當天晚上已經預訂讓我們過夜的國栖的昆布家時，已經完全入夜了。要寫出我所見到的阿利婆婆和家人的印象、住宅的模樣、造紙的現場等，難免冗長，且和前面重複，在這裡就省略了。不過說到兩、三件還記得的事，就是當時這一帶還沒有電燈，家人圍著大爐子在油燈下談話，一副山中人家的模樣。圍爐燒的是橡樹、櫟樹、桑樹的薪柴，桑樹的柴燒的火最持久，熱度也柔和，因此燒了很多桑柴，如此奢侈在都會裡實在難以想像，令我感到驚訝。爐子上方的橫樑和屋頂底下，被熊熊烈火的煙薰得像剛塗過焦油般漆黑油亮。而且最後，宵夜的膳盤所端出來的據說是熊野的鯖魚，非常美味。那是把在熊野海邊捕獲的鯖魚，用小竹葉串起來翻山越嶺過來賣的，途中經過五、六天到一星期左右之間，自然風化成魚乾，聽說有時那鯖魚還會被狐狸叼走。——之類的。

第二天早晨，津村和我商量過後，決定暫時各自分頭採取行動。津村提出自己的重大問題，說服昆布家的人希望能幫他把好事談妥。在那期間我留在這裡反而礙事，因此為了收集上述小說的資料，預定往吉野川源流地方更深入探訪五、六天。第一天從國栖出發，往東川村憑弔後龜山天皇的皇子小倉宮[93]的陵墓，經過五社嶺進入川上的村莊，到柏木住一夜。第二天越過伯母峰嶺，到北山的村莊河合住一夜。第三天到自天王的行館遺跡小橡的龍泉寺，參拜北山宮的陵墓等，登大台原山[94]，在山中住一夜。第四天經過五色溫泉探訪三之公峽谷，如果去得成就到八幡平、隱平去看個究竟，或在樵夫的小屋借住一宿，或出到入之波住。第五天從入之波再折回柏木，當天或翌日回到國栖。我向昆布家的人請教過後，大致擬定了這樣的行程。並和津村約好再見面，祝福他順利成功後便出發。臨走時津村說，他自己也可能會到柏木的阿和佐家去，因此為了慎重起見希望我回到柏木時也經過阿和佐家看看，他說就在這樣這樣的地方。

我的旅行幾乎照預定行程順利進行。據說那伯母峰嶺的難走山路最近都已經有共乘汽車通行，到紀州的木之本不用走路就能出得去了，和我所旅行的時代真的感覺恍如隔世。但幸虧天氣晴朗，獲得比預料中多的資料，到第四天為止，對道路的險峻和難行都感覺「沒什麼嘛」地輕易過關，真正傷腦筋的是在進入那三之公谷時。不過，在進入那地方之前，就聽說「那山谷是不得了的處所」或「哦，大爺您要往那三之公去啊？」往往被人這樣問，所以我也預先有所覺悟。因此第四天把行程稍微改變，在五色溫泉住宿，請了一位導覽者帶路，打算第二天清晨才出發。

路，是沿著從大台原山發源的吉野川往下游走，來到與另一條溪匯合稱為二之股一帶時，分成兩條，一條筆直往河口入之波，一條往右轉，從這兒漸漸進入三之公谷。往入之波去的大路稱為「道」沒錯，但轉入右邊的這條小路卻進入茂密幽深的杉林中，只留下僅僅隱約可以辨識人的足跡的小徑而已。何況前夜才剛下過雨，二之股川的河水驟然高漲，獨木橋沉入水中或即將崩塌，我在激流逆捲的岩石上東跳西跳，有時還不得不用爬的才勉強過河。二之股川深處有「奧玉川」，從那兒涉水渡過地藏河灘，最後到達三之公川，川與川之間的路，兩側夾著不知幾丈高的陡峭斷崖絕壁，有些地方窄到雙腳無法併行的地步，有些地方路完全斷絕，從對岸的懸崖到這邊的懸崖，有架獨木橋，有懸掛棧板相連的，懸崖側腹幾度迂迴轉折。走在這樣的地方，對山岳家來說也許是家常便飯的小事，但對像我這樣原來中學時代就非常不擅長器械體操，經常為單槓、攀岩、木馬等運動而傷透腦筋的男生，當時還年輕，不像現在這麼胖，雖然走平地還可以走個十里八里，但像這種艱難的路卻必須動用四肢前進，因此問題不在於身體的強弱，而在全身運動神經的巧拙。一路上我的臉想必發青漲紅過幾次。老實說，要不是有導覽陪同的話，我也許早就在二之股的獨木橋邊掉頭折返了。一來因為在導覽面前不好意思，再來因為踏出一步之後，要退後或前進都同樣可怕，沒辦法只好硬著頭皮顫抖著往前移步了。

就這樣，那山谷間的秋色雖然景色美麗，但只顧注視著腳底的我，唯有爾偶被從眼前飛過的大山雀振翅的聲音驚起而已，十分羞恥並沒有資格細述那風景。不過導覽那邊果然熟識環境，一邊叼著菸管以椿樹葉代替菸絲，一邊輕鬆地度過險峻的道路，還遙指著谷底說明那是某某瀑布，那是某某岩石。

在某個地方說：

「那塊岩石稱為『御前申』。」

再走一小段又說：

「那塊岩石稱為『貝羅貝多』。」

我只惶恐地望著谷底，並沒看清楚哪一塊岩石是貝羅貝多，哪一塊是御前申，不過據導覽說，從前王所住的山谷，一定有稱為御前申的岩石，和貝羅貝多的岩石，所以四、五年前從東京來的某權威人士，——不知是學者、博士、或官員，總之是一位卓越的人士來到這山谷考察，也是由他親自導覽的，當時因為被問到「這裡有稱為御前申的岩石嗎？」他說「是的，有。」於是指出那岩石，然後又接著問道「那麼有稱為貝羅貝多的岩石嗎？」又說「是的，有。」再指出那岩石，對方說「哦，原來如此，那麼這裡就是自天王所行幸過的地方沒錯。」於是敬佩地回去了，——話雖這麼說，但不知那奇妙的岩石由來如何。

這位導覽者另外還知道許多傳說。據說從前京都方面的刺客潛入這地方時，因為無論如何都不知道自天王御所的所在地點，從一山搜過一山，一日偶然來到這峽谷，忽然看見這溪水，從上游流下黃金來，於是順著這黃金流水追溯上行，結果找到王的御殿。王自從把御所遷移到北山之後，每天早晨洗臉時，照例會站在流過御所前的北山川的河灘上，但經常都有二位影舞者隨伺，分辨不清哪一位是王。殺手問起碰巧經過的村中老太婆，老太婆說，「那個，口中吐出白氣的就是大王。」因此殺手才能上前襲擊摘下王的首級，然而據說老太婆往後的子孫世世代代都生出殘障的孩子。

我在下午一點左右來到八幡坪的小屋，一邊打開便當盒一邊把那些傳說記在手冊裡。從八幡平到隱平來回還有將近三里路，但這路反倒比早晨的路要好走。不過無論南朝的宮中人物如何為了避開人們的耳目，那深山峽谷也未免太不方便了。難以相信北山宮的御歌中所謂「落難之身隱於深山柴扉之中，心月相映也」所詠唱的居然會是該處。總之或許三之公與其說是史實，不如說是傳說之地吧。

當天，我和導覽在八幡平的山男之家借住一宿，還接受了兔肉的招待。而且，第二天，再順著昨天走過的路回到二之股，和導覽告別後獨自出到入之波的我，雖然從這兒到柏木據說只有一里路，但聽說這裡的河邊就有湧出的溫泉，於是走到河邊去想泡泡。二之股川合流的吉野川變成幅度多少寬些的溪流處懸掛著吊橋，走過去時，就在橋下的河灘上果然湧著溫泉。但，伸手探了一下，溫度只有稍微日曬過的水般微溫程度而已，農家婦女們正在用那溫水起勁地洗著蘿蔔。

「要不是在夏天，這溫泉還是沒辦法泡。現在泡的話，那水，還是要汲取到那邊的湯槽裡，另外加熱才行。」

女人們指著捨棄在河灘的鐵砲風呂[96]浴槽這麼說。

當我正回頭看那鐵砲風呂時，從吊橋上傳來有人在呼叫。

「喂。」

一看之下，津村身後帶著一位小姐，可能是阿和佐，正往這邊過來。吊橋因為兩人的重量而微微搖晃著，木屐聲喀喀地響在山谷之間。

我所計畫的歷史小說，終於因為資料不足而沒有寫成，但不用說當時所見到橋上的阿和佐小姐，現在已成為津村夫人。因此那次的旅行對津村來說，收穫比我順利圓滿。

注釋：

1 吉野葛　日本奈良縣的吉野以櫻花著名，是個充滿神秘色彩的神仙境地。也出產和紙、葛粉。葛根製成雪白的葛粉是半透明和菓子甜點的材料之一。

2 大和　日本舊國名之一，相當於現在的奈良縣全境。平安朝遷都以前歷代天皇皇居所在地。

3 吉野　山川秀麗，自古就以櫻花聞名。春天漫山遍野盛開櫻花，從山下逐漸往山上，淺山逐漸往深山，千千萬萬株櫻花陸續輪番盛開，真是天下無與倫比的賞櫻勝地。地勢險峻，歷代天皇、武士、僧侶，至此避難或修行，留下許多古蹟。

4 十津川　奈良縣南部的河，穿越吉野山南流入和歌山縣與北山川合流成為熊野川，注入太平洋。上游稱天川，十津川村長久與世隔絕，風俗習慣與他地相異，村民質樸剛健，居於吉野山背之地，盡忠於南朝。

5 北山　奈良縣吉野郡上北山村和下北山村。以杉木林業為主。

6 川上之莊　吉野川最上游的村莊。

7 南朝　又稱吉野朝。日本南北朝時代（一三三六—一三九二），除了足利氏所擁立的京都持明院統朝廷稱北朝之外，後醍醐天皇於延元元年（一三三六）十二月，另奉神器離開京都進入吉野建立南朝，到元中九年（一三九二）十月，後龜山天皇回歸京都為止的五十七年間，在吉野的正統朝廷稱為南朝。

8 南帝　南朝方面的天皇。

9 後龜山帝　第九十九代天皇。後村上天皇的皇子。南朝諸臣勢力衰微，另一方面京都足利義滿苦於兵亂渴望和平，迎天皇返京。南北朝對立時代結束。

10 將軍義滿　室町幕府第三代將軍足利義滿（一三五八—一四〇八）。足利尊氏之孫，足利義詮之子。

11 兩統　鎌倉時代到南北朝時代日本一度形成兩統迭立現象。指兩位天皇和其子孫輪流繼承皇位。西元一二五九年，已退位的後嵯峨天皇逼後深草天皇退位，另立自己的第七子為龜山天皇，從此後深草子孫持明院統皇室，和龜山後裔大覺寺統皇室形成對立。鎌倉幕府居中調停，決定由兩方輪流繼任皇位，稱兩統迭立。

鎌倉末年，後醍醐天皇兩次發動倒幕，反為幕府所擄，被流放至隱岐島。幕府另立持明院統之光嚴天皇即位改元正慶，為北朝第一代天皇。後醍醐天皇被救出，回京都廢光嚴天皇復位，稱建武新政。

足利尊氏一度退至九州，後反攻京都，再創武家政權即室町幕府，擁持明院統的光明天皇，大覺寺統的後醍醐天皇被禁錮後獲救，帶三神器逃往吉野建立南朝，進入南北朝對峙時代。

北朝後小松天皇時，南朝後龜山天皇退位交出三神器，南北朝復歸統一，依兩統迭立原則約定，繼任者應為後龜山天皇的子孫，但後小松天皇違反和議約定，由自己的兒子實仁親王即位名為稱光天皇，結束兩統迭立的形式。

12 後醍醐天皇（一二八八——一三三九）第九十六代天皇（在位一三一八——一三三九）。後宇多天皇之皇子。

13 大覺寺　位於京都右京區嵯峨大澤町的大覺寺，是真言宗派的大本山。本是嵯峨天皇的離宮，與皇室尤其南朝淵源極深。後嵯峨天皇、龜山天皇、後龜山天皇先後在此出家。

14 土御門內裏　桓武天皇於西元七九四年從長岡京遷都至京都，稱平安京，直到一八六八年明治維新明治天皇遷都東京為止，日本歷代天皇就住在京都御所。歷經幾次火災，一三三一年光嚴天皇將御所內裏的土禦門東洞院殿定為臨時皇居。

15 三種神器　象徵天皇神權的三件神器，即八咫鏡、八尺瓊勾玉和天叢雲劍。

16 楠氏　河內國（現在大阪府東南部）的豪族，活躍於南北朝時代的南朝方武家。本姓橘氏。為越智氏分家的後裔。

17 越智氏　由孝靈天皇的第三皇子伊予皇子之子越智王子開始，自古以來在伊予國越智郡即擁有勢力。子孫以水軍活躍於瀨戶內海。源平之戰在源氏一方立過戰功。盛名直到明治時代。

18 太平記　日本古典文學之一。以南北朝時代為背景的軍記物語。述說一三一八年—六八年約五十年間的事蹟。有今川家本、古活字本、西源院本等各種版本。作者不詳，可能由多人執筆。「太平」被認為具有祈願與和平、安慰怨靈的鎮魂意義。大約完成於一三七〇年代。全四十卷，分三部。第一部由後醍醐天皇即位到鎌倉幕府滅亡為止；第二部由建武新政失敗和南北朝分裂到後醍醐天皇駕崩為止；第三部描述南朝方怨靈導致足利幕府的混亂。整體精神以儒家思想和佛教因果報應為主。日本近世文學受《太平記》的影響，誕生許多軍記物語。作為兵法書，也影響戰國武將和歷代武士。

19 上月記　上月氏是中世播磨的守護赤松氏的一族。播磨又稱播州，相當於現在兵庫縣西南部，臨瀨戶內海，（包括神戶和姬路城一帶）。當時事蹟留下記載「堀秀世上月滿吉連署注進狀」，俗稱《上月記》。上月氏的居城上月城，也是赤松氏代代居城。

20 赤松記　赤松氏興起於播磨國佐用郡赤松村，代代繁衍分出許多支族，稱為赤松三十六家。元弘之亂時，赤松則村追隨護良親王舉兵，成為播磨的守護。《太平記》有詳細記載。室町時期到戰國時代，赤松氏宗譜也有多種記載。

21 間島彥太郎　赤松氏眾部族之一，間島氏之主彥太郎，實名「雅元」。

22 南山巡狩　以南朝為中心的編年史。編者大草公弼。敘述從元弘元年（一三三一年）元弘之亂至元中九年（一三九二年）南北朝統一為止的事績。

23 南方紀傳　又稱南朝記。和櫻雲記類似。以南朝為主的史書、軍記。

24 櫻雲記　南北朝時代南朝盛衰及後南朝的史書、軍記。成立於江戶時代前期。由於南朝的舞台吉野以櫻花著名，故書名櫻雲。記載文保二年（一三一八年）二月至長祿三年（一四五九年）六月長祿之變為止，以南朝為主體的編年史。

25 嘉吉之亂　室町時代嘉吉元年（一四四一年），播磨國（現兵庫縣西南部）、備前國（現岡山縣東南部）和美作國（現岡山縣東北）的守護赤松滿佑，暗殺室町幕府第六代征夷大將軍足利義教。

26 賀名生之堀氏行館　賀名生是吉野村的一個地名，後醍醐天皇潛行吉野時，鄉士堀孫太郎信增將自己住宅迎接天皇，暫住數日。後來村上天皇、後龜山天皇都曾住過。古樸素雅的茅茸屋頂宅第，仍保存南朝三代遺物，被指定為重要文化財。每逢春天門前枝垂櫻盛開時，尤其引人懷古。

27 大塔宮　後醍醐天皇的皇子，大塔宮護良親王，十一歲時入延曆寺，於比叡山的大塔修行，法名尊雲，世人尊稱他為大塔宮或大塔公。《太平記》中護良親王　遁於熊野，轉往十津川，受到竹原八郎、戶野兵衛的協助。並以吉野山為據點，與幕府軍對峙和激戰。

28 竹原八郎　南北朝時代的武將，元弘之亂時迎大塔宮護良親王到自己家住了半年。

29 五鬼繼　前鬼與後鬼是服侍役小角（修驗道創始者）的夫妻鬼，有五個孩子，稱五鬼。名真義、義繼、義上、義達、義元。前鬼是夫，屬陽性赤鬼，持鐵斧背竹笈，在前開路。後鬼是妻，屬陰性青鬼，持水瓶背竹笈，水瓶裝靈水。五鬼為下北山村的修驗者開設宿坊，各以行者坊、森本坊、中之坊、小仲坊、不動坊為名。並成為五鬼繼、五鬼熊、五鬼上、五鬼助、五鬼童（奈良五家三字姓）的始祖。五家互通婚姻，代代經營宿坊，為男孩取名必帶「義」字。明治維新廢佛毀釋運動後，修驗道逐漸衰微，宿坊僅剩小仲坊一家。

30 役行者　又稱役小角。日本修驗道的始祖，大和國葛城上郡茅原村人，是飛鳥時代至奈良時代的知名咒術師，被文武天皇所流放。平安時代山嶽信仰盛行，朝廷追贈「行者」尊稱，之後通稱役行者。

31 筋目者　具有擁護南朝的鄉士血統者。

32 十六菊御紋章　十六瓣菊花為日本皇室專用的家徽。

33 大峰的修驗者　從吉野山到大峰山的山岳地帶，山峰連綿古代稱為大峰。往大峰的道路是由修驗者從熊野開闢的。橫跨和歌山、三重、奈良三縣的紀伊半島，山岳地帶森林密布。吉野・大峰、熊野三山、高野山以及連接三大靈場的三條參拜道路——熊野參拜道、大峰奧驅道、高野山町石道，二〇〇四年七月被列入世界文化遺產。

34 修驗者　修驗道是日本古來山岳信仰受外來佛教影響所形成的宗教，成立於奈良時代，盛行於平安時代。和密教關係深遠，也被視為佛教的一派。開祖是役小角（役行者）。修驗道的實踐者稱為修驗者或山伏。常在山間徒步、修行。

35 馬琴　曲亭馬琴一七六七年生於日本江戶，本名瀧澤興邦，馬琴是他許多筆名之一。九歲喪父，二十四歲成為劇作家，著作中以《南總里見八犬傳》最著名，自一八一四年開始寫一八四二年完成，歷時二十八年。其他著作有《三七全傳南柯夢》、《開卷驚奇俠客傳》等著作豐富。

36 淨瑠璃　以三味線伴奏的日本傳統說唱藝術。江戶時代由近松門左衛門發揚光大。

37 一高　日本一八八六年創立的第一所高等中學，簡稱一高。是現在的東京大學教養學部（駒場校區）、千葉大學醫學部、藥學部的前身。又稱「舊制一高」。當時聚集全國優秀師資和學生，作育國家棟樑人才。畢業生多半進入東京帝國大學。

38 飛鳥淨御原天皇　天武天皇，日本第四十代天皇。舒明天皇第三子。天智天皇的胞弟，曾因皇位繼承問題，避難於吉野，與大友皇子（弘文天皇）間發生壬申之亂取得勝利，於飛鳥淨御原宮繼位。在位期間制定「飛鳥淨御原律令」建立律令體制，加強皇室權力的制度化。

39 入之波　川上村的秘境溫泉鄉，以治神經痛的碳酸湧泉馳名，被美麗的吉野杉森林所包圍。

40 下千本　吉野山的櫻花自古聞名，以山櫻為主的二百種三萬棵櫻花樹，漫山遍野或原生或種植的，一眼就能瞬間看到千棵櫻樹，遊客到達山下，先看到下千本，陸續上山看到中千本，行有餘力繼續往高處探尋，才能看到上千本，再往深山尋訪又會發現奧千本。

41 關屋櫻　從前是吉野山的關所，周邊櫻花據說是大阪平野的富商末吉勘兵衛所種。每年四月上旬開淺粉色單瓣櫻花。

42 藏王權現　吉野金峯山寺本堂的神像，是修驗道的本尊。據說役小角在吉野的金峯山修行中感應到釋迦如來、千手觀音、彌勒菩薩三尊合體，形成藏王權現的模樣。形象類似金剛童子，大眼怒目瞪視，右手高舉持三鈷杵，左手張開叉腰，右腳抬高如躍動狀。象徵追求解救迷亂眾生的力量。

43 吉水院　吉野金峰山寺的僧坊，據說是役小角結庵的地方，後醍醐天皇曾經以此處為行宮，源義經、靜御前曾經隱居於此、豐臣秀吉和寧寧也在此賞過櫻花。留下一百二十數點重要文物和南朝資料，堪稱文化寶庫。

44 妹背山婦女庭訓　是歌舞伎和人形淨瑠璃的戲曲名稱。近松半二等多人合作。明和八年（一七七一年）一月二十八日在大坂竹本座初次公演。故事以吉野的妹背山為背景。

45 義經千本櫻　歌舞伎〈義經千本櫻〉故事發生在吉野山。劇情概要是，義經流亡到劍術老師法眼家前，曾託家臣佐藤忠信照顧愛妾靜御前。忠信不知此令。靜事後來到法眼家，告訴義經忠信一路保護自己，奇怪的是忠信不在身邊時，只要一拍「初音之鼓」忠信就會現身。經調查後發現「初音之鼓」是用狐狸夫婦的皮做的，小狐狸因想念雙親，變成忠信的模樣一路尾隨持鼓的靜。義經被狐狸孝心感動，將「初音之鼓」送給狐狸答謝保護之恩。高興之餘狐狸以變法術助義經打退追兵後消失無蹤。

46 平維盛　平安時代末期武將。平清盛的嫡孫，平重盛的嫡男。相貌俊美，十九歲時以少將身份參加後白河法皇五十歲賀禮，頭戴烏紗帽上插櫻枝和梅枝，隨雅樂跳起青海波舞，豔驚四座贏得櫻梅少將稱號。源平之爭參與多次戰役，升從三位右近權中將，人稱小松中將。

47 釣瓶壽司　奈良縣吉野川的香魚在下市町放入桶中加醋醃漬後做成壽司。因桶形如從井中打水的釣瓶故稱釣瓶壽司。因出現在竹田出雲所作歌舞伎〈義經千本櫻〉而廣為人知。

48 初音之鼓　是法皇賜給源義經的名鼓。左大臣知道義經與兄賴朝不和，以初音之鼓的裡皮和表皮比擬兄弟，造謠說這是法皇給義經的詔書，讓他去討伐其兄。義經決意一生不敲此鼓，將鼓轉送愛妾靜。

49 二人靜　世阿彌所作的謠曲名，唱出靜御前的靈化身為摘菜女的故事。

50 大和名所圖繪　日本各地名勝風景圖繪地誌。寬政三年（一七九一年）刊，秋里籬島著、竹原春朝齋畫。

51 笠朝臣金村　奈良時代的歌人。吉備氏一族。生平不詳。

52 人麻呂　柿本人麻呂（六六二—七一〇）飛鳥時代的歌人。《萬葉集》中最主要的歌人，因執著於白色而有「白色詩人」的稱號，或稱「歌聖」，是三十六歌仙之一。

53 西行庵　西行法師（一一一八—一一九〇）是平安末期的歌僧，俗名佐藤義清，二十三歲出家，從此遊歷陸奥、四國、九州等諸國，歿於河內的弘川寺。所作和歌被《新古今集》收入九十四首，另有個人歌集《山家集》。隱居於吉野西行庵期間，寫下許多有關山野和櫻花的和歌，尤其〈願死於櫻花盛開的滿月之時〉這首更流傳千古。

54 床之間　日式住宅內，在房間的一個角落做出內凹的小空間，裝飾掛軸與生花的地方。

55 源義經　（一一五九—一一八九年）是日本平安時代末期，河內源氏的武士源義朝的第九子，幼名牛若丸。父親在平治之亂被平清盛所敗，義經七歲被送到京都鞍馬寺。之後投奔奧州，受到藤原秀衡庇護。及長協助同父異母兄源賴朝舉兵討伐平家，戰功彪炳威名顯赫。但因功高震主為兄所猜忌，兄弟反目成仇。源賴朝獲後白河法皇院宣，在全國發布通緝令追捕義經。在藏匿吉野山走投無路後，義經再度投靠奧州的藤原秀衡，最後自盡。生涯極富傳奇色彩，是日本人最愛的悲劇英雄，相關故事在歷代各類戲劇中一再廣為傳誦。

56 靜御前　源義經的愛妾。（一一六五—一二一一）名靜，御前是對貴人之夫人的尊稱。舞藝精湛。

57 蓮如上人（一四一五—一四九九）淨土真宗，本願寺中興之祖。

58 脇差　日本武士平時與太刀配對帶於腰間的備用武器，刃長三十至六十公分。平常不用，當主兵器長刀損毀時才用。

59 吾妻鏡　又稱《東鑑》，是日本鎌倉幕府官方的編年史。吾妻是地名，關東地方的總稱，鏡是以史為鑑之意。全書五十二卷，以變體漢文日記體寫成。記載治承四年至文永三年（一一八〇—一二六六）八十七年的歷史。書成於鎌倉時代末期，作者不詳，應是多人編纂，以當權的北條角度立場難免偏頗，對源氏三代評價嚴厲。同期參考史書有《愚管抄》、《玉葉》等。

60 平家物語　日本古典文學名著，軍記物語。作者不詳。根據歷史由琵琶法師彈唱述說，一一五六年至一一八五年平氏和源氏兩大家族的爭戰過程。以和漢混交體書寫，文詞華麗洗鍊。悲壯故事成為各種戲劇取材來源。諸行無常的精神影響深遠。

61 摩羅果　芒果。

62 狐噲　以「葛之葉狐」、「信太妻」的傳說為題材所作的戲曲。竹田出雲作。

63 竹田出雲　江戶時代的淨瑠璃作者。一七零五年起，歷三代擔任竹本座劇場座元場長，兼作者。發揮經營、創作和演出實力，初代代表作〈蘆屋道滿大內鑑〉、〈國姓爺合戰〉，子二世名清定，號小出雲，代表作〈義經千本櫻〉、〈假名手本忠臣藏〉。父子單獨創作或合作，開創人形淨瑠璃的全盛時期。三世名清宜，代表作〈太平記菊水之卷〉。但歌舞伎興起淨瑠璃逐漸失去人氣，一七七三年讓出竹本座，由座元退位。

64 貝原益軒　（一六三〇——一七一四）江戶時代的本草學者、儒學者。在明治時代以後西方生物學傳入之前，日本史上地位最高的生物學者、農學者。著有《大和本草》、《養生訓》等廣為流傳。也留下許多紀行文。

65 和州巡覽記　貝原益軒著。和州為大和國的舊稱。以地誌般嚴謹文體記事。

詳細記載源義經和靜在吉野的遭遇。文治元年十一月義經在摂津大物浦（現兵庫縣尼崎市大物町）遇到意外的風浪，失去許多精銳，逃過鎌倉方面的追兵，跋涉六天來到吉野。吉野素來被稱為神仙境地，附近的龍門又近義經母親常盤御前娘家，因此推測吉野應該有親義經派的法師。本書細述義經在吉野的足跡。

66 島之內　大阪府大阪市中央區的地名，現在常稱「心齋橋」或「南區」。東以東橫堀川、西以西橫堀川、南以道頓堀川、北以長堀川包圍的地區，以人工開挖的運河圍成島的內側，稱島之內。一六一五年大阪夏之陣戰後開始復興，和北部的船場同屬城下中樞商業區，南部和道頓堀一樣形成聲色娛樂區。街道多呈整齊直角交叉的棋盤狀。

67 御料人樣　中世對上流女子的尊稱，近世以後尤其關西方面對中流以上年輕女子和商家少婦的尊稱。

68 上方　京都、大阪地區。

69 生田流　日本常稱的琴，其實就是箏，箏於奈良時代從唐朝傳入，到平安時代常用於雅樂演奏。歷代發展出許多流派。安土、桃山時代北九州僧侶賢順整理當地的獨奏曲開創出筑紫流。江戶初期八橋檢校由西洋音樂啟發，導入變奏曲形式，發展出箏六段樂曲的演奏法。檢校指盲人音樂家中最高階的稱呼。八橋檢校除留下箏曲的八橋流之外，京都名產和菓子也以「八橋」為名，形狀來自箏。八橋檢校之後重要箏曲家有生田檢校和山田檢校。生田檢校對箏曲彈奏法和爪的使用作了改良並創作新曲形成生田流。山田檢校將箏和三味線合奏，配上歌謠，發展出山田流。此外琉球箏曲也自成一流。現在主要是生田流和山田流。

70 地唄　地代表本地，指上方京都，又稱上方唄。江戶時代關西流行搭配三味線所唱的歌稱地唄。相對的關東地區的歌則稱江戶唄。此外盲人音樂家作曲演奏和教授的吟唱歌謠稱法師唄，和長唄、地唄分別代表日本三種傳統唱法之一。

71 三味線　日本三弦琴。撥弦樂器的一種。

72 文樂座　文樂是融合淨瑠璃（三味線伴奏的說唱藝術），和木偶戲的傳統藝術。主要舞台在大阪。竹本義太夫於一六八四年在大阪道頓堀創立了人形淨瑠璃的小劇場名為「竹本座」，並邀當時名劇作家近松門左衛門合作，深獲民眾喜愛。一七〇三年道頓堀又開設「豐竹座」劇場一樣受歡迎。竹田出雲時代，人形淨瑠璃進入全盛時期。一八〇〇年代初，植村文樂軒在大阪創設「文樂座」文樂儼然成為人形淨瑠璃的代名詞。一九五五年文樂被日本政府評定為國家重要無形文化財。二〇〇三年文樂獲聯合國指定為世界無形文化遺產。一九八四年開幕的國立文樂劇場位於大阪市中央區日本橋。地點就在當初植村文樂軒創建的小劇場旁。

73 年期奉公　或稱年季奉公，以一定期間契約雇用的學徒兼幫傭生活方式。

74 丁稚　從江戶時代到二次大戰結束為止，日本實施一種將學徒培養成商店主人的養成制度，採取年季奉公的型態，入門的少年學徒稱丁稚。丁稚從十歲左右住進店裡，吃住和生活雜費由店主供應。一面開始打雜跑腿，累積工作經驗，一面學習各種應對進退的待客和經商知識，包括讀書、打算盤和記帳。依入門時間長短分上下關係。學成後如果幸運蒙主人分出一面暖簾，則能自己獨立開一家分店。

75 船場　大阪市中央區傳統地名。豐臣秀吉在石山本願寺跡築大阪城時，聚集許多家臣和武士家族，需要大量食品、日用品、和武器等，強制周邊地區的商家移居過來，急速形成城下町，開始繁榮起來，逐漸發展成政治、經濟、物流中心，江戶時代被稱為「天下的廚房」，成為日本的商業中心。又因離大阪灣近，西船場得水運之便，形成商旅、貿易、倉儲、批發、金融、匯兌的中心。累績代代的富裕，船場造就許多般實豪商家族。從順慶町到島之內、道頓堀也以歡樂街繁榮起來。

76 忠臣藏　江戶時代中期元祿年間，赤穗藩家臣四十七人為主君復仇的事件。元祿十四年（一七〇一）三月十四日，赤穗藩主淺野長矩因深受高家旗本吉良義央的刁難與侮辱，忍無可忍憤而在江戶城大廊拔刀殺傷吉良。德川綱吉將軍震怒之下，令淺野長矩即日切腹並廢赤穗藩，卻未處罰吉良。以家老大石內藏助為首的赤穗眾家臣悲憤不已，誓將報仇復藩，一年多後於十二月十四日由大石內藏助率四十七位家臣夜襲吉良宅，斬吉良首級供於泉岳寺藩主墓前為主君復仇。事後輿論嘩然深感義士忠誠，但幕府仍命赤穗家臣全體切腹自盡，吉良家也遭沒收領地。忠臣藏故事成為日本各類戲劇、電影一再演出的著名題材。

77 與市兵衛　是〈假名手本忠臣藏〉劇中的貧苦農民，阿輕的父親。為了幫赤穗浪士女婿戡平籌復仇軍費，將女兒賣給花街，抱著大錢回家途中卻遇強盜被殺並奪走金錢。

78 繪馬　日本神社常提供五角形小屋狀畫有馬的木板，長十五公分高十公分，稱為繪馬，讓信眾寫出心願祈神保佑，於舉行法事時燒掉，願望將可實現。據說奈良時代有錢人求神或謝神時，往往獻給神社駿馬。但神社養馬費事，平民又獻不起。由此改用木馬、紙馬。到了平安時代開始在木板上畫馬，成為繪馬的由來。

79 雀右衛門　中村雀右衛門，幕末到現代的歌舞伎演員。屋號江戶屋。歷四代襲名。

第一代　中村雀右衛門（一八〇六—一八七一）演出〈仮名手本忠臣藏〉。

第二代　中村雀右衛門（一八四一—一八九五）

第三代　中村雀右衛門（一八七五—一九二七）

第四代　中村雀右衛門（一九二〇—二〇一二）一九六四年四十四歲傳襲養父第三代中村雀右衛門世家稱號。一九九一年被日本政府譽為「人間國寶」。二〇〇五年日本歌舞伎被聯合國教科文組織列為人類口頭及無形文化遺產代表。

80 河內木棉　十六世紀江戶時代開始到明治時代，大阪河內地區廣為栽培木棉，手紡、手織、手染技術發達，產量飛躍成長，山根木棉、久寶寺木棉、三宅木棉因而遠近馳名，總稱河內木棉，受到全國各地愛用。明治以後機械化發展，一度造成手工棉業衰微，近年來再度復興，二〇〇三年在俄羅斯埃爾米塔日博物館舉行河內木棉特別展，以優異品質大放異彩廣受矚目。

81 馬夫三吉　〈重之井別子〉描寫伊達與作和重之井間的戀愛悲劇。劇情是伊達與作因被鷲塚盜走為公子戀人藝妓贖身的錢財，並暗戀侍女重之井，被主人逐出家門。重之井之父——能樂師竹村定之進為此引咎切腹自盡，重之井獲赦成為小姐的乳母。與作與重之井所生之子三吉成為馬夫，無法與母親相認便與母告別，即〈重之井別子〉。不久鷲塚一夥的惡事敗露，與作與三吉後來得以重返主人家。

82 狂言　狂言與能劇、文樂、歌舞伎同屬日本四大古典戲劇。狂言一般穿插在能劇之間表演，是內容簡單而即興的喜劇。語言大量採用俚語，內容取材於生活，常尖銳諷刺抨擊武士和貴族。因此狂言比能劇更受平民歡迎。

83 二尋　約三公尺。

84 蜀魂　鳥名，又名子規、杜鵑。

85 手札型　照片相紙和底片的尺寸十點五公分乘八公分。

86 本間琴　日本所稱的琴，即現在中國通稱的箏。生田流的本間琴長六尺三寸。

87 住吉　大阪南部海邊地名。

88 磯馴松　海濱松樹因受強勁海風持續吹襲，枝幹往往傾斜低垂，樹姿優雅。

89 蒔繪　蒔繪源自唐朝傳入日本的中國漆器。從這基礎融合韓國的螺鈿工藝、越南的粘貼工藝、和日本的繪畫形成現在的蒔繪藝術。

90 八重梅　複瓣梅花。

91 白狐的命婦進　自古以來日本人視狐為神，早在和銅四年（七一一年）就出現稻荷神的最初文獻。後來狐成為稻荷神的使者，或眷屬。甚至被授予可以出入朝廷的命婦之格。被稱為命婦神廣為世人祭祀。江戶時代稻荷神被公認為商業神，受到大眾歡迎，稻荷神社急速增加，一般人以為稻荷神就是狐。今天稻荷神社所祭祀的多半就是白狐。

92 注連繩　以乾燥後的稻草和稻梗編織成的繩子。常見於神社，作為神聖場所和下界的區別，用以辟邪、保護。也常在大樹幹上、相撲土俵與橫綱力士身上見到。皇家、貴族禁地有以繩為界標，表示閒人免進。現在普遍用在新年裝飾，有些加上紙垂，有祈福保平安的作用。

93 小倉宮　後龜山天皇的皇子。後龜山天皇臨終前要求兒子小倉宮恆敦繼承自己遺志，從持明院統（北朝）手中奪回皇位。後龜山的後代先後自稱天皇，即後南朝運動。明治四十四年（一九一一年）日本政府宣佈南朝一系為正統，後龜山天皇為日本史上第九十九代天皇。

94 大台原山　大台原山位於奈良縣與三重縣的交接處。海拔一六九四點九公尺。為三重縣最高峰。許多頂部平坦的山構成東西向長約五公里左右的山塊，被稱為大台原。像這種山頂平坦四周環繞著險峻懸崖的地形被稱為「隆起准平原」。大台原山就是日本罕見的隆起准平原實例。被選為日本百景、日本秘境百選之一。山整體被指定為特別天然紀念物。

95 便當盒　餐盒。

96 鐵砲風呂　日本木桶浴槽。欅木製造的大木桶附有燒柴的火爐和煙囪。因火爐和煙囪像鐵砲而得名。

譯後記

賴明珠

從吉野櫻到吉野葛

說到「吉野」，許多人可能會聯想到「吉野櫻」。吉野可以說是日本櫻花的原鄉。自古以來多少名人如豐臣秀吉、德川家康、源義經、甚至多位天皇，都曾到過吉野。並在吉野留下許多古蹟。

讀《吉野葛》，憶起自己到吉野賞櫻的往事。

平常賞櫻，只不過屋角、庭園、公園、路邊的三、五棵或幾十棵。但在這裡一眼望去，卻可以同時看到漫山遍野，連綿不斷的櫻花，如海浪般波濤起伏，據說吉野約有三萬棵櫻樹，名副其實整片「花海」無比壯觀。

記得名古屋花博那年，我順道探訪正在名古屋大學攻讀博士的朋友蔡佩青。她專門研究西行法師，我們一起看完花博，她還帶我到大阪去觀賞能劇〈西行櫻〉。

平安時代的歌人西行法師，在吉野山的「奥千本」結庵修行，留下「願於二月十五日滿月之際，盛開的櫻花樹下辭世」的名句。後來不久確實就在那個時節去世。其實可能有許多人也有同樣的願望。

在人形浄瑠璃、歌舞伎和能劇等傳統戲劇中，〈義經千本櫻〉一直是極受歡迎的曲目。源平之戰大敗平家建立戰功的英雄源義經，卻因功高震主受到同父異母的兄長鎌倉幕府首任征夷大將軍源賴朝的追殺，逃到吉野山。

幾年前NHK大河連續劇《義經》，由滝沢秀明飾演義經，石原里美飾演靜御前。劇中吉野山的櫻花一幕接一幕的背景，襯托著山中武士的廝殺和被捕的靜御前被帶到鎌倉獻藝「静之舞」的悲壯淒美場面，令人印象深刻。現在網站上還看得到每年花季假日，鎌倉祭中的「静之舞」表演。

吉野的吉水神社建於八世紀，曾經是後醍醐天皇的行宮，矗立有「世界遺產 南朝皇居 吉水神社書院」的石碑。神社內保存有南朝的史料、各朝的文物遺跡、義經的冑甲和靜御前的服飾。

《吉野葛》在谷崎的作品中，雖是較短的長篇。卻具有里程碑的重要分量。

谷崎創作生涯三部曲

谷崎潤一郎一八八六年生於東京日本橋。歿於一九六五年，享年七十九歲。

近八十年的生涯中，結過三次婚，搬過四十次家。去過兩次中國。結婚、離婚、地震、搬家、和旅行等變動，對谷崎的寫作生涯，具有莫大的影響。

從一九一〇年（明治四十三年）發表《刺青》登上文壇之後，到晚年的《少將滋幹之母》，漫長的創作生涯中，文思從未枯竭，每一部作品都深受世人矚目。

谷崎作品的風格大體可以分成三個時期。

第一期的特徵，從青年期開始的《刺青》、《少年》、《麒麟》、《神童》主要以崇尚西洋的大膽官能描寫和絢爛技巧，在自然主義安靜而灰色的潮流中吹起一股新風，迅速風靡文壇，受到永井荷風的大力讚賞。這種唯美派、惡魔派傾向以《痴人之愛》達到巔峰。

一九一五年二十九歲與千代夫人結婚。

一九二三年（大正十二年）九月一日在箱根遭遇關東大地震，月底舉家遷往關西。十二月搬到兵庫縣武庫郡六甲苦樂園。這次遷移造成谷崎文學極大的轉變。

一九二六年遇見改變他一生的大阪女子，根津松子，後來成為他的第三任妻子。松子具有深厚的文學藝術修養，成為谷崎創作源源不絕的靈感來源。

一九二八年發表的《食蓼蟲》，在他的文學系譜中佔了相當特殊的位置。是從耽美的享樂主義，轉往傳統古典風格的過渡性作品。谷崎關心的重點逐漸偏向日本女性美與傳統生活趣味。這顯然更貼近他內在固有的本質。這片大和原鄉，關西地區自古以來豐富的歷史資源，風土民情和語言特色對出生於東京的他，儼然成為另一種「異國」，極具新鮮的刺激。代替過去的「西洋崇拜」和「中國情趣」，成為他創作的極大動力。

在這段時期，他經歷了兩次婚變。包括和佐藤春夫之間轟動文壇與日本社會的「讓妻事件」。

一九三〇年八月谷崎與千代離婚，千代與佐藤春夫結婚。十月谷崎單身住進吉野的「櫻花壇」旅館，開始執筆《吉野葛》。

一九三一年一月發表《吉野葛》，成為第二期的第一部作品。四月與古川丁未子結婚。九月發表《盲目物語》、十月發表《武州公秘話》。風格轉向日本傳統的古典傾向，展現旺盛的創作能量。

一九三二年推出《蘆割》。

一九三三年發表《春琴抄》，和同年發表的隨筆《陰翳禮讚》可以說是谷崎潤一郎文學登峰造極的名作。

一九三四年十一月出版《文章讀本》。

一九三五年一月與丁未子離婚。發表《聞書抄》。五月與松子結婚。搬進武庫郡精道村的打出。九月開始執筆《源氏物語》現代語版的翻譯。

第三期自從與松子夫人結婚後，谷崎在感情上安定下來，花大部分時間在『源氏物語』現代語版的翻譯工作上。

一九三六年除了發表《貓與庄造與兩個女人》之外。從早到晚專心翻譯《源氏物語》。十一月搬到武庫郡住吉村的反高林。當時五十歲。

一九三七年中日戰爭爆發，為日本帶來前所未有的黑暗時期。

一九三九年《谷崎潤一郎譯源氏物語》（全二十六卷）翻譯完成，由中央公論社出版。

一九四二年開始執筆《細雪》。這時多半住在熱海。除了作品風格更趨圓熟之外，並散發出日本特有的枯淡美感。《細雪》故事可以說是以松子夫人四姊妹為模特兒書寫的寫實小說。經歷戰爭期間被禁止連載，於戰後順利出版並連連獲獎，成為谷崎潤一郎後期最著名的長篇代表作。
一九四六年終戰後《細雪》上卷出版。遷居京都市南禪寺下河原町。新居取名潺潺亭。
一九四七年《細雪》中卷出版。獲每日出版文化賞。
一九四八年《細雪》下卷出版。
一九四九年《細雪》獲朝日文化賞。並獲頒文化勳章。
一九五〇年於熱海市仲田置別墅「（前）雪後庵」。
一九五一年《潤一郎新譯源氏物語》由中央公論出版。
一九五四年遷入熱海市伊豆山鳴澤「（後）雪後庵」。

戀母情結

谷崎潤一郎是個既善變，又熱情的男人。八月才剛剛和妻子千代離婚，十月底就一個人獨自來到吉野山住進「櫻花壇」旅館。他在寫《吉野葛》時，所處的心境，可想而知。彷彿逃避世俗與眾生，決心開始過出家生活似的。

因此《吉野葛》一開始就先從南朝的歷史切入。跳脫以前的時間與空間，據說起筆之初，事先花了好幾天工夫，四處蒐集當地的歷史、地理、民情風俗等資料。因此讀者可能會發現一翻開書，還沒讀到故事，先碰到許多附註。

這時谷崎跳脫了日常的現實，往遙遠的古代去尋訪前人的足跡。寂寞的他，想必格外想念他去世的母親。美麗的母親五十四歲就去世了，愛戀母親的他，從此作品總有一位高貴美麗的女人。

主角「我」一開始就回憶和高中同學津村大約二十年前到吉野山深處旅行的事。據說這「大和阿爾卑斯」附近，是從前「南朝」的「自天王」曾經行幸的地方，留下許多感人的故事。另一方面，花之吉野、深山秘境、春櫻秋楓、斷崖岩窟、五鬼部落、天皇御殿……風景絕佳，故事神秘，引人入勝。

兩人沿著吉野川走入山區，過橋時看見妹背山，想起自己幼年和母親同來賞櫻的往事。和母親一起觀賞過的歌舞伎〈妹背山婦女庭訓〉、〈義經千本櫻〉等一齣又一齣的戲劇和〈二人靜〉、〈初音之鼓〉的謠曲。充分顯示谷崎對日本傳統戲劇的喜愛。

津村從小失去母親，由祖母帶大，經常思念母親。這次來吉野的目的，是為探訪母親的娘家。在親戚家看見正在手漉和紙的少女泡在水中漉紙凍紅的手指，彷彿看到年輕時的母親般，油然生出暗戀之心，想向少女求婚。

「我」和津村兩人不約而同都在思念母親。自然透露出谷崎的戀母情結。

平常說到吉野山多半想到春天的櫻花，但這次旅行卻是在楓紅的秋天。除了杉樹的翠綠之外，從最深的紅色，到最亮的黃色，到深深淺淺的褐色。色彩變化之多毫不遜於萬紫千紅的春天。

尤其來到農家，探訪「初音之鼓」時，主人端出那半透明的熟柿，放在手心，像一顆半熟的蛋黃，或晶瑩的琅玕玉露，彷彿凝聚了這山間的靈氣和日光一般。如果有人問起吉野的秋色如何，他會想帶這紅柿回去顯示。

走在國栖山村的路上，看見到處在曬著一片片的手漉和紙。在陽光的反射下，白得格外耀眼。

吉野這地方的特產，和紙與葛粉，都是白色。街道兩側房子深色的格子木條門窗上，也貼著潔白的和紙，在秋天的斜陽下，光影對比格外清晰。沿街面看來是一樓的房舍，從河岸面看來卻是二三樓的建築。每一處細節，明暗之間也令人聯想起谷崎在《陰翳禮讚》中，所提到和式建築與生活起居的細微用心。

不同於一般旅行的賞花遊覽。《吉野葛》以吉野川上游深處的源流地區為重點，做歷史和地理的探尋，是一種文化的追本溯源。兩個主角一個懷念母親，一個尋訪母親的娘家，無論懷舊或尋根，也都是一種探源。

《吉野葛》是谷崎從東京搬到關西後，創作風格回歸日本古典的第一部作品。在關西之中，奈良的形象比大阪、京都、神戶更為古樸久遠。尤其吉野更具有大和原鄉的自然深奧形象。

吉野的名產手漉和紙的產地「國栖」，日語發音（kuzu）和土產葛粉的「葛」發音相同。也具有一語雙關之妙。

中國情趣

谷崎潤一郎作品中不時出現的「中國情趣」比日本其他作家濃厚。原因在於從幼年就與一家中華料理店「偕樂園」的主人從小同學，經常去他家遊玩和用餐。當時在到處可見西餐廳的東京，像「偕樂園」般華麗的中餐廳還只有這一家。

由於這幼年的經驗使他終生喜愛中華料理。這位同學笹沼源之助不僅終生是谷崎的好友，必要時也曾接濟過他。而且谷崎對中國風的建築、家具，甚至服飾都深感興趣。一九二八年他在岡本梅谷新建豪宅，特地從東京請「偕樂園」的木工建造中國風的新居、室內置紫檀家具。在家有時也穿中國服。

谷崎對漢文的接觸，據他的同學笹沼源之助說，他在小學二年級就開始寫詩。谷崎在許多作品中也提到漢詩。他在〈幼少時代〉中寫道自己一生中受到稻葉清吉老師的影響最大。從小學一年級時的七個月，高年級時再度擔任班導四年，受到薰陶最多。老師甚至教過他們王陽明的詩集與哲學。谷崎十四歲時還到秋香塾學習漢文。每天上學之前先學三十分鐘。古典漢文大多在那時學到。從《大學》、《中庸》、《論語》、《孟子》、順序讀到十八史略、文章軌範等。只是所謂「素讀」，並沒有解釋，只不過音讀而已。

因此谷崎潤一郎在作品中提到不少漢詩和詩人。如李白、白樂天、杜牧、蘇東坡、王維、杜甫。其他日本作家如森鷗外、夏目漱石、芥川龍之介等漢文素養也很高。

谷崎潤一郎一輩子出國兩次，兩次都到中國。一九一八年第一次造訪中國。十月經朝鮮，進入滿州的奉天、接著入關到達天津、北京，每到一處必觀賞京劇。尤其在北京看了梅蘭芳、王鳳卿、尚小雲等名角的演出，包括〈李陵碑〉、〈孝義節〉、〈御碑亭〉等名劇。並到漢口、九江、廬山、南京、蘇州、上海、杭州等南方各地遊歷。

一九二六年（大正十五年，昭和元年）第二次赴中國。只到上海一地，停留一個多月。與上海文藝界、藝術界、電影界廣泛交往，認識許多朋友，包括田漢、郭沫若、歐陽予倩等，留下〈上海見聞錄〉的作品。

至於雖沒有交往但讀過日文翻譯的中國文人作品之中，谷崎潤一郎特別提到的有胡適的自傳《四十自述》、豐子愷的《緣緣堂隨筆》、周作人的《瓜豆集》和林語堂的《京華煙雲》。谷崎對比自己小五歲的胡適具有同時代的親近感，尤其對他小時候的讀書經驗很感興趣，並對他思念母親的部分特別有同感。但對提倡白話文，主張民主與科學，反對迷信方面則並未認同。

谷崎讚美豐子愷的文章，即使毫不起眼的東西，經他一寫立刻妙筆生花。圖文並茂，擅長寫小孩。兼具大人的智慧和赤子的率真。而且豐子愷也翻譯《源氏物語》成中文。並推崇谷崎潤一郎的譯本是日本數十種中最佳版本。忠於古文、容易理解、且不失紫式部的原文特徵。更讓谷崎欣慰如獲知音。

周作人的《瓜豆集》是一本談日本文化的書，〈懷念東京〉、〈東京的書店〉、〈日本再認識〉等文，谷崎認為他「深入理解日本，關心日本」，而且最早向中國介紹谷崎的作品《刺青》、《惡魔》、《陰翳禮讚》。

林語堂的作品原作英文譯成日文，谷崎大多讀過，其中最感興趣的是《京華煙雲》。彷彿以現代中國為舞台表現《紅樓夢》般的優雅和閒適。感覺《京華煙雲》和谷崎自己早期創作的「支那趣味」的作品具有共通性。他想作者可能想以這作品向歐美人述說「支那這個國家擁有悠久的歷史，不是一點戰亂就會輕易動搖的大國」。

或許「中國情趣」對谷崎來說，也如「西洋情趣」一般，只是「異國情趣」之一。經過兩次中國行，關東大地震，和戰爭之後。谷崎年輕時對中國的種種幻想逐漸淡化。晚年回歸日本古典的傾向則逐漸加深。

《吉野葛》歌碑

一九三〇年（昭和五年）秋天，谷崎潤一郎上吉野山住在櫻花壇旅館寫出《吉野葛》之後，吉野地方人士發起建立谷崎的第一面文學碑的計畫。在谷崎潤一郎去世一周年紀念時，松子夫人為文學碑揭幕。松子夫人提前一天住進櫻花壇旅館，第二天驅車前往《吉野葛》書中所寫的景點妹背山、吉野川上游、宮滝對岸的菜摘之里等地一一巡訪。文學碑設在國栖中、小學上方的山丘上，視野絕佳的地點。學校師生、地方仕紳和特地遠道前來的貴賓聚集。碑文刻著：

夕さねばくぬぎ林に風立ちて　国栖の山里秋は来ぬらし

黃昏近櫟林風起　國栖山村秋意濃

歸途松子夫人想起谷崎提到年輕時走進吉野川源流的大台原山深處的驚險往事，後悔生前只想到在京都賞櫻，卻沒有一起到這裡來過。

譯完《吉野葛》，我也希望下次能在春秋兩季再度造訪吉野，並到奧千本探訪西行庵，到國栖村看看谷崎潤一郎的歌碑。

國家圖書館出版品預行編目資料

吉野葛 / 谷崎潤一郎著；賴明珠譯 . -- 初版 . --
臺北市：聯合文學，2019.04
144 面；14.8×21 公分 . --（聯合譯叢；86）

譯自：吉野葛

ISBN 978-986-323-302-2（平裝）

861.57　　108005272

聯合譯叢 086

吉野葛

作　　者／谷崎潤一郎
譯　　者／賴明珠
發 行 人／張寶琴

總 編 輯／周昭翡
主　　編／蕭仁豪
資深美編／戴榮芝
業務部總經理／李文吉
行銷企畫／邱懷慧
發行專員／簡聖峰
財 務 部／趙玉瑩　韋秀英
人事行政組／李懷瑩
版權管理／蕭仁豪

法律顧問／理律法律事務所
陳長文律師、蔣大中律師

出 版 者／聯合文學出版社股份有限公司
地　　址／（110）臺北市基隆路一段 178 號 10 樓
電　　話／（02）27666759 轉 5107
傳　　真／（02）27567914
郵撥帳號／ 17623526 聯合文學出版社股份有限公司
登 記 證／行政院新聞局局版臺業字第 6109 號
網　　址／http://unitas.udngroup.com.tw
E-mail:unitas@udngroup.com.tw

印 刷 廠／沐春行銷創意有限公司
總 經 銷／聯合發行股份有限公司
地　　址／（231）新北市新店區寶橋路235巷6弄6號2樓
電　　話／（02）29178022

出版日期／ 2019 年 4 月　初版
定　　價／ 260 元

ISBN 978-986-323-302-2（平裝）